魔力ゼロの出来損ない貴族、四大精霊王に溺愛される

MARYOKU ZERO NO
DEKISOKONAI KIZOKU,
YONDAI SEIREIOU NI
DEKIAI SARERU

Sora Hinokage
日之影ソラ

Illustration
紺藤ココン

◇◆◇ リズ ◇◆◇
猫獣人の少女。いつも元気で、人懐っこい。近接戦闘が得意。
◇◆◇ ルリア ◇◆◇
風魔法が得意なエルフの冒険者。何か事情を抱えているらしい。
◇◆◇ アスク ◇◆◇
魔力も感情も持たず生まれた少年。四大精霊王に見出され、最強の力を手に入れる！

登場人物紹介
◇◆◇バーチェ◇◆◇
辺境に住む、悪魔の子供。体は小さくとも、実力は一人前……？
◇◆◇カイ◇◆◇
ちょっぴり怖がりなエルフの少年。中性的な見た目をしている。
◇◆◇ラフラン◇◆◇
一見普通の人間に見えるが、その正体はセイレーン。水魔法を使い熟す。
◇◆◇四大精霊王◇◆◇
風の精霊王
シルフ
水の精霊王
ウンディーネ
地の精霊王
ノーム
炎の精霊王
サラマンダー

プロローグ　感情のない器

「どうしてこんなこともできないんだ！」

「ごめんなさい、お父様」

僕は今日もお父様に怒られてしまった。基礎的な魔法の訓練で、兄さんなら難《なん》なく熟《こな》せることが僕にはできなかったからだ。

身体強化、簡単な結界術。魔法使いなら誰でも使えるような技術の習得が、僕にとってはひどく難しく感じる。

それも当然だ。

なぜなら僕の身体《からだ》には――

「無理だよお父様！　だってこいつ、魔力ないんだもん」

兄さんは笑いながらお父様に言う。

庇《かば》ってくれているわけじゃない。その笑顔は歪《ゆが》んでいて、僕のことを馬鹿《ばか》にしているのがわかった。

お父様は呆《あき》れたようにため息をこぼす。

「なぜなんだ……どうしてこうなった……」

いや、どちらかと言えば落胆《らくたん》しているようにも見える。

お父様は僕のことで落ち込んでいる。僕に魔力が宿っていないから。

この世に、魔力を全《まった》く持たない人間はいないらしい。

少なくとも現代に至るまで歴史上、そういう記録はない。

そして魔法使いの名門として有名なマスタローグ家に生まれてしまったのも、この事態をより深刻にしている。

「ごめんなさい。お父様、もっと頑張ります」

「……何を頑張ると言うのだ」

「力を付けます！　僕、魔法は全然駄目《だめ》だけど、力持ちなんです！　大きな岩を持ち上げることができます」

「それがどうしたよ！　岩なんて魔法を使えば容易に浮かせるし、壊《こわ》せるんだよ」

兄さんが、僕の声を邪魔《じゃま》するように横から言ってくる。

確かに兄さんの言う通りだ。魔法があれば岩を運ぶことも、壊すことも、作り出すことだってできるのだから。

僕は兄さんに、頭を下げる。

「そうでした。ごめんなさい」

「ははっ！　お前は魔法ができないだけじゃなくて頭も悪いんだな！」

「そうみたいですね」

「……なぜだ？」

お父様は、険《けわ》しい表情でこちらを見ていた。

また何か怒らせるようなことをしてしまったみたいだ。

反省しよう。マスタローグ家の人間として、立派であれるように。みんなに笑われないように。

「アスク」

「はい！　お父様」

「どうしてお前は、そうやって笑っていられる？」

お父様に指摘《してき》されて初めて気付く。

あれ？　僕は笑っていたのか？

怒られているのに笑っていたら、更に怒られて当然だ。

ここは笑顔じゃなくて、もっと反省した顔のほうがよかったな。

次からは気を付けないと。

そう考えていると、お父様は言う。

「……アスク、お前はおかしい」

「え？」

「魔力を宿していないことだけではない。どれだけ怒られても平然と笑っていられることがだ。まだ五歳になったばかりの子供が、取り繕《つくろ》ったような態度と作り笑いを見せるなんて……。お前と話しているとひどく混乱する。まるで、人形《にんぎょう》と会話しているようだ」

「……人形」

以前、お母様にも同じことを言われた。

僕が魔力を持たない落ちこぼれだと知ったお母様は、ひどく落ち込んだ。

元々身体が弱かったお母様は、それをきっかけに体調を崩してしまった。それからというもの、僕を見るたびに泣いて怒ってというのを繰り返す。

いつしかお母様は、自分の部屋からあまり出てこなくなってしまった。

今日もきっと、部屋にいる。

お母様だけじゃない。お父様にも、僕はそんな風に思われていたのか。

でも僕は、そうやって改めて事実を整理しても、ショックを受けない。なぜか何も感じないのだ。

今に始まったことじゃない。怒られている時も、魔力がないと知らされた時もそうだった。

悲しくも怖くもない。不安だって感じない。ただ、そうなのだと事実を受け入れるのみ。

二人の言う通りかもしれない。今の僕は人間じゃなくて、言葉を話せる人形。だから二人を悲しませてしまっているのか。

「じゃあ、これからは人間みたいになります」

僕の言葉を聞いて、お父様は目を見開く。

「――――！　お前は……」

「何言ってんだよ、アスク。お前は人間じゃんか」

兄さんはそう言ってくれるけど、きっとそれは本心じゃない。二人は僕を人形だと思っている。

だったら二人に安心してもらえるように。これ以上失望《しつぼう》させないように。二人が望《のぞ》む人間になったほうがいいと思う。

そんな気がした。

「ありがとう、兄さん。僕、頑張《がんば》ります！　だからお父様、僕にもっとたくさん教えてください！」

「――もう限界だ」

お父様は、ぼそりと呟《つぶや》いた。

ひどく悲しそうな表情で、苦しみに耐《た》えるように。

「アスク、お前は明日から別宅で暮《く》らしてもらう」

そんなお父様の言葉に、僕は首を傾《かし》げる。

「お外の家ですか？　でもあそこはもう使っていないって」

「そうだ。だが、今日からそこをお前の住まいとする。お前以外は必要最低限の使用人のみ出入りを許す。そしてお前は金輪際《こんりんざい》、私の許可なく本宅へは入れない」

「え……」

これから僕は、今暮らしている家に入れてもらえなくなるらしい。

突然のことだったので、目を丸くして、お父様に尋《たず》ねる。

「どうしてですか？」

「……わからないのか？」

「はい」

「まだ笑っているな？　何も感じないのか？」

「わかりません」

「そうか……アスク、それが答えだ」

お父様は力いっぱいに拳《こぶし》を握《にぎ》りしめた。

それは、僕の顔面に向かって振りかぶられる。

また怒らせてしまったようだ。でも殴《なぐ》られれば、お父様に許してもらえるだろう。

僕は避けなかった――のに、拳は僕の目の前で止まる。

「殴らないのですか？　お父様」

「……まだ笑っている」

あれ？

僕はまた笑っていたのか。

反省が足りないな。ここは笑顔じゃなくて、反省している顔をしないと。

「すみません、お父様」

「……もういい。お前と話していると、頭がおかしくなる」

そう言ってお父様は兄さんの手を引く。

「お父様？」

「行くぞ、ライツ。お前もアスクとはしばらく関わるな」

「え？　はい、わかりました。じゃあな、アスク！」

「うん！　またね」

僕はお父様と兄さんに手を振る。

二人の姿が見えなくなるまでそうしていたけど、結局お父様は、一度も振り返ってくれなかった。

そして、この時の僕は理解できていなかった。

僕がお父様に……見捨てられてしまったということに。

◇◇◇

アスク・マスタローグ。

それが僕の名前。アルベスタ王国でも屈指《くっし》の優《すぐ》れた魔法使いを何人も輩出《はいしゅつ》している名門、マスタローグ家の次男として生まれた。

今年で五歳になった僕には、一つ上の兄さんがいる。

兄さんはすごい。僕と一歳しか変わらないのに、既に大人顔負けの魔法が使えるし。

優れた魔法使いであるお父様の血をちゃんと受け継いでいる。

魔力量と、魔法を扱《あつか》うセンスが抜群なのだ。

だから期待されていた。次に生まれてくる僕も、相応の才能を秘《ひ》めていると。

なのに生まれたのは、魔力を全く持っていない子供だった。

突然変異、なのだそう。

生まれながらに空っぽで、なんの力も宿していない。

そんな僕を前にお父様は嘆《なげ》き、お母様は塞《ふさ》いだ。

全部、僕が駄目な子供だったせいである。

そんな風にこれまでの人生を振り返っていると、別宅が見えてくる。

別宅は、本宅から少し離れた場所にあるのだ。

「ここが別宅……大きいなぁ」

そんな風に呟きつつ、早速中へ。

本宅の半分程度の大きさしかないみたいだけど、一人で暮らすには十分すぎるほど大きいな。

もう使われていなかったとはいっても、手入れはされていたみたいだ。

中はとても綺麗《きれい》で、ベッドも大きくフカフカ。

何人か使用人が来てくれるのだとしたら、生活には困らないだろう。


「また怒らせちゃった。反省しないと」

その夜、僕はベッドで横になりながら一人反省会をしていた。

何がいけなかったのか。これまで家を追い出されたことはなかったし、今日は特に駄目なことをしてしまったのだろう。

しっかり反省して次に活かすんだ。そうすればきっと、お父様も許してくれる。本宅にも戻れる。

そう脳内で反芻《はんすう》しながら、僕は眠《ねむ》りにつく。

◇◇◇

一年後――

未だに僕は別宅で生活していた。

この一年、お父様は一度も僕に会いにきてくれなかった。

兄さんも最初こそ揶揄《からか》いに来ていたが、少しすると飽きたようで、もうしばらく会っていない。

ただ、別宅での生活が不便かと問われたら、そんなことはなかった。

必要な衣食住は提供されるし、使用人はしっかり僕の身の回りのお世話をしてくれた。

強いて不満な点を挙げるなら、お父様がいないと魔法の勉強が捗《はかど》らないことだけだ。

お父様たちを悲しませてしまったのも、僕に魔法使いの才能がなかったからだ。だから僕は努力した。お父様やお母様に認めてもらえるように。

そうするべきだと感じたから。

「この本も読み終わっちゃったなぁ」

この一年、別宅にある書斎《しょさい》で読書ばかりしていた。

知識があれば魔法が使えるかもしれないと考えた結果である。

それだけではない。身体も鍛《きた》えた。

魔力は成長とともに大きくなると言われている。だったら、僕も身体が成長すれば何か変わるかも……なんて思っていたんだけど、残念ながらやはり魔力は未だゼロ。

毎日続けている訓練のお陰で、身体能力が向上した実感があるけど、それだけだ。

「もうやれることがないよ」

どうすれば、お父様たちは認めてくれるのだろうか。

っていうかそもそもなぜ認めてもらわなきゃいけないのかすら分かっていないけど、今はそれしかやることがないし……。

そんな風に考えつつも本棚に読み終わった本を戻す。

すると、ぼとっと一冊の黒い本が落ちてきた。

「あれ？　この本……まだ読んだことないな」

本棚の奥に隠れていたらしい。埃《ほこり》を被《かぶ》っていて汚《きたな》いけど、やることがないし、開いてみるか。

中身は……正直よくわからない。というより、書いてある言葉が理解できないのだ。

「なんだろう？　この文字……」

絵もないからさっぱりだ。けれど不思議《ふしぎ》と目が離せない。

読めないのに、何かを訴《うった》えかけてくる……そんな感じ。

ひとまず眺《なが》めるようにして読み、最後のページに辿《たど》り着く。

そこだけ、真っ黒なページだった。

僕は、そのページに気付けば右手をかざしていた。

汝《なんじ》――契約を望む者なり。

誰かの声が頭に響《ひび》いた。

僕は声を上げる。

「え？」

その直後、視界が真っ白に染《そ》まる。

次いで真っ黒になり――また白くなる。

気付けば僕は、純白の世界にポツリと立っていた。

「ここは……？」

僕がそう問いかけると、どこかから四つの異《こと》なる声がする。

「――よもや現れるとは思わなかったぞ」

「奇跡《きせき》じゃのう」

「運命かもしれませんわ」

「あ！　みんなも呼ばれたんダネ！」

真っ白だった世界が、鮮《あざ》やかな色で染まっていく。

まず正面の地面が赤く燃《も》え上がり、右側を見ると豊穣《ほうじょう》な大地が顔を覗《のぞ》かせているのがわかる。

右手には絶えず水が流れていて、振り返ると草木が生い茂《しげ》っている。

しかし、直径およそ二メートルほどの、僕を中心とした円だけは相も変わらず真っ白だ。

やがて炎・大地・水・草木からそれぞれ大きな光が発生し、目の前に浮遊してくる。

そしてそれは、人ではない何者かに姿を変える。

姿形こそ見慣れないが、何故かそこにいるのが当たり前のようにすら思える、不思議な形へと。

やがて、声がする。

「ようこそ我らの世界へ。器の少年よ」

そう口にしたのは、大きな赤いトカゲのような何か。

尻尾《しっぽ》は燃えており、身体は大きくゴツゴツしている。

魔物だろうか？

僕が「器？」と聞き返すと、今度は別の何かが返事する。

「そう警戒せんでいい。ワシらは敵ではない」

今度は、大きな亀。

体色は土色で、白い髭《ひげ》を蓄《たくわ》えている。

次いで、鈴の音《ね》のような声が響く。

「妾《わらわ》たちは精霊《せいれい》。そしてここは、精霊の世界よ」

とても綺麗なお姉さん……だけど肌は青く、人間ではないのだと一目でわかる。

「そうダヨー！　ボクたちは精霊王サ！」

背後に、ふわっとした風を感じた。

振り返ると、羽の生えた小さな女の子が、自由奔放《じゆうほんぽう》に飛び回る姿が見えた。

「皆さんが、精霊王様なんですか？」

僕の言葉に、精霊王様たちは、四者四様に頷《うなず》く。

「そうだ」

「そうじゃよ」

「ええ」

「驚《おどろ》いタァ？」

突拍子《とっぴょうし》もない状況ではあるが、僕は納得してしまった。

この異様な世界、見たことがない光景を目にしてしまえば、もう信じるしかないだろう。

……それにしても、生まれて初めての感覚だ。

感情がわからない僕の、胸の奥がじりじりと熱くなるだなんて。

精霊、か。

彼らは、僕たち人間の世界とは異なる次元に存在すると言われている種族。

大自然から発生する魔力が、意思を宿した存在。

そして精霊たちの中には、それを従える四体の王が存在すると言われている。

炎の精霊王・サラマンダー。

地の精霊王・ノーム。

水の精霊王・ウンディーネ。

風の精霊王・シルフ。

屋敷《やしき》の中で読んだ本に、その名は記されていた。

そしてもう一つ、『精霊使い』と呼ばれる特別な魔法使いがいるとも書かれていたな。

本来見ることも触《ふ》れることもできない精霊たちと交信し、契約することで彼らの力を使役《しえき》する者。

世界にたった数十人しかいない、選ばれし者たちなのだそうだ。

炎の精霊王様――サラマンダー様が、僕に語り掛ける。

「器の少年。名はなんという?」

「アスクです!　アスク・マスタローグ!」

「アスクか。突然のことで混乱しているだろう。だがあまり時間はないのだ。我らの話を聞いてほしい」

「はい!　大丈夫です!」

僕はなるべく元気よく答えた。こういう時は笑顔でいいはずだ。

「……そうか。お前はあの本に触れ、この世界にやってきた。ここを訪れることができるのは、適格者のみ。つまり、お前には器としての才能がある」

「本当ですか!　ありがとうございます!」

「……精霊は、器を求める。しかし我らの力は大きく、適応できる者はいなかった。つまり、お前は数千年生まれてこなかった逸材《いつざい》だ」

「とても光栄です!」

つまり僕は、精霊王様と契約することができるのかな？

これはきっと、僕にとって喜ばしいことだろう。きっとお父様も喜んでくれる。

「これから、よろしくお願いします！」

「……お前、全く驚いていないな？」

なぜだかサラマンダー様は混乱している様子だった。

「え？」

僕が聞き返すと、サラマンダー様は不思議そうに聞いてくる。

「さっきから淡々《たんたん》と受け答えしているが、お前は本当に子供か？　現代の子供はこんなにも物わかりがいいものなのか？」

それに対して、地の精霊王様――ノーム様が口を開く。

「そんなことはこの際どうでもよい。それよりも聞かねばならぬことがある。ワシらの力は強大じゃ。そんな力を手にし、何を望む？」

「えっと……よくわかりません」

僕は押し黙《だま》ってしまう。だって、生まれてこの方、本当に何かを望んだことなんて、ないのだから。

すると、見かねた水の精霊王様であるウンディーネ様と、風の精霊王様であるシルフ様も質問を重ねてくる。

「本当にやりたいことはないのかしら？」

「夢とかはァ？」

「何も……考えていません」

そんな僕を見て、ノーム様は穏《おだ》やかな声を発する。

「ふむ。そう落ち込まんでもよい」

「やっぱり混乱しているみたいね」

「そうダネ！　突然だったし、先に誰が適合するか始めちゃおうヨ！」

ウンディーネ様とシルフ様がそう口にし、最後にサラマンダー様が「……それもそうだな」と言って頷いた。

サラマンダー様は、続けて口を開く。

「アスク、右手を上にかざせ」

「はい。こうですか？」

言われた通りに右手を上にかざした。

精霊王様たちはぞろっと集まり、僕の右手を見る。

「あの、何をしているんですか？」

僕の質問に答えたのは、ノーム様だった。

「ぬしの適性を調べておるんじゃよ。ワシらは異なる四つの力の象徴《しょうちょう》じゃ。そのうち誰と適合するかを調べねばならん」

「それと、あなたがどういう人生を歩んできたのか、どんな子なのかもチェックさせてもらうわ」

「可愛《かわい》い子供だし、ボクがいいナー……」

ウンディーネ様とシルフ様もそう口にした。

つまり、四人の精霊王様のうち誰と僕が契約できるのか、そして本当に契約するに足る人間かを診断《しんだん》している、というわけか。

それから暫《しば》し、静かな時間が流れる。

やがて、サラマンダー様がぼそりとこぼす。

「アスク」

「どうですか？」

「――お前はなぜ平気な顔をしていられるんだ？」

「え？」

どこかで聞いたセリフだ。

そうだ、一年前、お父様にも同じようなことを言われた。

そう振り返っていると、サラマンダー様は再度聞いてくる。

「両親、兄弟《きょうだい》からこれだけひどい仕打ちを受けて、どうして怒らない？　悲しまない？　悔《くや》しいとは思わなかったのか？」

そうか、サラマンダー様は僕が家族からどのように扱われたのかを見たんだ。

じゃあ、僕はどれだけ悪い人間かを知られてしまったから、咎《とが》められているんだよね、きっと。

「えっと……すみません」

「謝《あやま》らなくてもいい。お前は何も悪くない」

そう言われたのは、初めてだった。

『僕は悪くない』と誰かに言ってもらえたことなんて、これまで一度だってなかった。

みんなが僕を責めていた。『お前が無能だから、魔力ゼロだからいけないんだ』と。

だから僕も、自分が悪いと思うようにしていた。

「それがおかしいのじゃ」

僕の考えを見透かすように、ノーム様はそう口にした。

「ぬしは魔力を持たない特異体質《とくいたいしつ》。現代では悲劇《ひげき》じゃが、ぬしが悪いわけではない」

「そうよ。だって、生まれ方は自分では選べないもの」

ウンディーネ様がそう言うのに続いて、ずっと黙っていたシルフ様が、感情を爆発《ばくはつ》させる。

「ひっどいヨこの人たち！　自分の子供をなんだと思ってるんダ！」

「シルフ様？」

どうして怒っているのだろう。僕にはわからない。

何も感じない僕には……彼らの怒りが伝わらない。

サラマンダー様が小さく頷いてから、僕に教えてくれる。

「察《さっ》するにお前は、感情が欠落しているのだろう」

「欠落……？」

「うむ。感情がない……あるにはあるのじゃろうが、著《いちじる》しく希薄《きはく》じゃ」

「きはく？」

言葉の意味がわからなくて、僕は首を傾げる。

するとウンディーネ様が、優しく説明し直してくれた。

「君は嬉《うれ》しいとか、悲しいとか、腹《はら》が立つっていう当たり前のことを感じにくいのよ。自覚はあるでしょう？」

「……はい。怒られても、怖くありませんでした……悲しいとかも、わからなくて」

僕がそう答えると、サラマンダー様が言う。

「お前は生まれる過程で、魔力と一緒に感情も失ってしまったのだろう。しかし、それこそがお前に与えられた力なのかもしれないな」

「力……」

サラマンダー様がそう言った。

これが力？　何も感じない、何もわからないことが……魔力がないことが？

理解できなくて、僕は黙って自分の両手を眺める。

すると、ノーム様が口を開く。

「なるほどのう。じゃからぬしは、ワシらと共感できたのか」

ウンディーネ様とシルフ様もこくこく頷く。

「そうみたいね。しかも驚くことに、妾たち全員を一度に呼び寄せたわ」

「こんなの初めてだったヨネ！」

「ああ、おそらくは、空っぽだからだろうが」

サラマンダー様はそう口にして、僕をじっと見つめてくる。

怒っている？　それとも、悲しんでいる？

やがて、サラマンダー様は言う。

「精霊契約というのは、契約者である人間の器の大きさによって成立する。それは肉体の強度であり、精神の広さであり、魂の強さだ」

「……？」

僕が首を傾げていると、サラマンダー様は続ける。

「今はわからなくていい。いずれ成長すればわかる。我らが言いたいのは、お前には我ら四つの王の力を扱う資格があるということだ」

「僕が……精霊使いになれるんですか？」

「否、精霊王の契約者だ。世界で未だ生まれたことのない存在に、お前はなれるのだ」

サラマンダー様は、断言した。

精霊王と契約した人間は、歴史上、一人も存在していない。

追放される前、屋敷でそう習ったことを思い出した。

まだ情報が整理できていないから、きっと全てを理解できていないのだろう。けれど一つだけはっきりした。

僕は幸運《こううん》なことに、この偉大《いだい》な方々と契約する資格があるのだと言ってもらえているのだ。

「それができたら、お父様も許してくれるかな」

僕の呟きに、サラマンダー様が反応する。

「……本気でそう思ってはいないだろう？」

「え？」

「お前の感情は作り物だ。周りがそうだから真似《まね》ているだけに過ぎない」

真似ている……その通りだ。

兄さんは怒られるとしょんぼりした。時に泣いていた。だから僕もそうするようにした。

嬉しい時には喜んだ。笑顔も、たくさん練習した。少しでも兄さんと同じになるように。

「それは否定しないが、今のままではお前は……人間らしくあろうとする人形でしかない」

「人形……やっぱりそうなんですね」

「そうだ。だからこそ、我らと契約して取り戻せ。人としての感情を！」

「――！　感情を……取り戻す？」

僕は目を丸くする。

すると、シルフ様とノーム様が頷く。

「そうダヨ！　ボクたちは世界！　自然から生まれた精霊ダ！」

「故に、ワシらはあらゆる摂理《せつり》を有しておる。人が持つ感情も含めて、何もかもを持っておる」

「妾たち精霊王が持つ魔力の中には、人間の感情も含まれているのよ」

ウンディーネ様もそう付け加えた。

そして、最後にサラマンダー様が改めて言う。

「我らとの契約で、お前は感情を取り戻す……否、手に入れる」

「……」

話が難しくて、全部は理解できない。

ただ、思うことは一つ。

「そんなにもらってばかりで……いいんですか？」

「構わん」

サラマンダー様に続いて、ノーム様も頷く。

「ワシらの望みは、この何もない世界の外へ踏《ふ》み出すことじゃ」

テンション高く、ウンディーネ様とシルフ様が言う。

「妾たちは数千年待っていたのよ？　妾たちの手を引いてくれる人間を。君のような存在を」

「ボクたちは見てみたいんダ！　感じるだけじゃなくて、この眼《め》で世界をネ！　だからアスク君！」

精霊王様たちの意見をまとめるように、サラマンダー様が僕に宣言する。

「我らの目となり、耳となってくれ」

精霊王様たちが、僕を求めている。何もない僕に、空っぽの僕に、偉大な存在が願っている。

こんなにも嬉しい……はずなのに、僕は何も感じない。

喜びもなく、ただ言葉を受け取っただけなのだ。

そして、そんな自分にも何も感じない。

だけど、ずっと思っていたのは確かだ。

こんな、無感動な自分は間違っているって。

「僕は……変われるんですか？」

「否だ。変わるのではなく、前に進むのだと思え」

サラマンダー様に続いて、ノーム様、ウンディーネ様、シルフ様も声を上げる。

「そうじゃな。ぬしはまだ眠っておるだけじゃ」

「お寝坊《ねぼう》さんな子ね。妾たちが起こしてあげるわ」

「一緒に楽しもうヨ！　生きることを目いっぱいニ！　きっと楽しいからラ！」

熱が、震えが、冷たさが、風が吹き抜ける。

瞬間、それぞれに宿る感情が、僕の中に流れ込んでくる。

「腹が立つ時は怒ればいい」

これが怒り。

「よきことがあれば喜べばよいのじゃ」

これが喜び。

「辛《つら》い時は泣いてもいいのよ」

これが悲しみ。

「楽しいことはいっぱい楽しんで笑うんダ！」

これが楽しさ。

僕は生まれて六年間、これらの感情を、一度も感じてこなかった。

これまでの人生で、たった一度も。

本気で怒ったこともなく、心から喜んだこともなく、悲しくて涙を流したことも、楽しいと本心から笑ったこともない。

でも、それがまるで嘘みたいだ。

今日までの全てが偽物《にせもの》だったように、僕の中を感情が激《はげ》しく駆《か》け巡《めぐ》る。

「これをみんな……感じていたんだね」

誰かと話したり、関わったりしながら。

当たり前のように思っていたんだ。

ずるいよ、みんな。僕だけ仲間外れじゃないか。生まれてからずっと、僕だけが存在していなかったようなものじゃないか。

僕がそう感じていると、サラマンダー様、ノーム様、ウンディーネ様、シルフ様はそれぞれ満足げな表情で言う。

「難しいことは、これから学べばいい。ただ一つ、理解しておくんだ」

「ぬしは今日から、ワシら精霊王の契約者じゃ」

「世界にただ一人の存在よ」

「誰より自由に生きようヨ！　ボクたちが応援《おうえん》するからサ！」

僕は四大精霊王様を見据え、勢いよく頷く。

「――はい！」

今、様々な感情が僕の中を駆け巡っている。

でも、その中で最も強く感じた『言いたいこと』は、これだ。

「この出会いに喜びを、これまでの人生にさよならを」

こうして僕は――精霊王の契約者になった。

第一章　十年分のお返し

ある朝、別館の中庭《なかにわ》にて。

俺は噴水の横で両手を地面につき、身体を上下させる。

「九百九十七」

貴族の男が逆立《さかだ》ちで奇妙《きみょう》な動きをしている——傍《はた》から見ればそんな風に、滑稽《こっけい》に映《うつ》るのだろうか？

もっとも、今周囲に誰もいないから、気にする必要はないんだけど。

「——千！」

これで本日の目標回数は熟したな。

足をつく。全身から流れる汗が、じとっと服に吸い上げられていく。

心地いい快晴《かいせい》の朝にはちょうどいい運動だったな。

俺は大きく背伸びする。

「う、うーん！　ふぅ……さて、朝ごはんにしようかな」

独《ひと》り言《ごと》を口にして、俺は一人で別宅へ戻る。

屋敷の中は広い。本来なら俺一人で暮らすような場所じゃない。

使用人はいるけれど、あまり俺と顔を合わせたくはないらしい。食堂に顔を出すと、テーブルの上に朝食が用意されていた。

俺が指示するよりも先に用意して、作った本人はどこかへいなくなってしまうのだ。

普通なら失礼に当たるだろうけど、作ってくれるだけマシだ。

『両親から見捨てられた名ばかり貴族のお世話なんてやりたくない』という気持ちは、理解できるわけだし。

俺は席に着く。

「いただきます」

別宅で暮らすようになってから、十年以上が経過した。

俺は去年十五歳になり、今年には十六歳となる。

この国ではその年に十六歳の誕生日を迎《むか》える者を成人として扱う。

つまり俺は、一応今年に入った段階で成人しているのだ。

普通は成人すると、両親や屋敷の者たちと一緒にパーティーを開き、祝《いわ》う。

当然俺が祝ってもらえるわけもなかったが。

現に去年、兄さんは盛大に祝ってもらったようだ。

使用人が話しているのを聞いただけで、実際に見たわけじゃないけれど。

まぁ祝い事なんて、許可がなければ本宅へ出向くことすらできない俺には、一生縁《えん》がないだろう。

ちなみに祝い事に呼ばれないだけでなく、俺は十年間……ずっと一人だった。

お父様もお母様も、一度だって俺の顔を見にきてはくれなかった。

兄さんも同じだ。二人に止められていたのかもしれないけど、ついぞ直接顔を見ることなく、彼は魔法学園に入学するために王都へと旅立った。

ちなみに学園には、俺も今年から通う予定だったはずだ。

マスタローグ家の人間は代々、王都にある魔法学園で学び、国家魔法使いの資格を取得するから。

でも、そんな話が一度も聞こえてこないところを見るに、それすら忘れられたということだろう。

完全な放任……というより放置。俺はこの家で、いない者として扱われている。

そのことが今は……。

「腹が立つ、だろう？」

「サラマンダー先生」

俺の視界に、サラマンダー先生が現れる。

実際の大きさよりも小さく、手の平に乗るような大きさで。加えて身体は反対側が見えるほど透《す》けている。

これは、実態ではなく霊体《れいたい》だ。契約している俺にしか姿は見えず、声も聞こえない。

「どうなのだ？　ちゃんと腹は立っているのか？」

「はい。もちろんですよ。今の俺は……無性《むしょう》に腹が立っています」

「そうか。それはいいことだ」

「はい」

先生の言う通り、とてもいいことだ。

苛立《いらだ》つことがいいこと？

普通はそうではないはずだけれど、俺の場合は特別だ。

先生たちに教えられるまで、俺は自分に感情が欠落していることすら理解していなかった。

そう考えると、こうして怒れるようになったというのは、健全な進歩だと言える。

「じゃが、あまり気持ちを乱し過ぎてもいかんぞ？」

続けて声をかけてくれたのはノーム爺《じい》だった。

爺も先生と同じように、小さな霊体の姿で俺の前に現れる。

「過度な苛立ちは判断を鈍《にぶ》らせる。冷静さを損なわないことも必要じゃ」

「はい」

「でも、今くらいは怒ってもいいと思うわ。君はずっと我慢してきたのよ？　多少悪いことをしても、妾は許すわ」

「ありがとうございます。ウンディーネ姉さん」

「悪いことは駄目だヨ！　もっと楽しいことをしなくっちゃネ！」

「ははっ、そうですね、シル」

ウンディーネ姉さんとシルも、ひょこっと顔を出す。

シルだけは元の大きさが小さいから、霊体でも違和感《いわかん》がないな。

「珍《めずら》しいですね。王様が全員揃《そろ》って顔を出すなんて」

いつも話しかけてくれたり、顔を見せてくれたりするが大抵《たいてい》は一人ずつ。

そう考えると、今日はとても賑《にぎ》やかだ。

サラマンダー先生が呟く。

「特別な日だからな」

「特別？」

俺が聞き返すと、シルとウンディーネ姉さんは頬《ほほ》を膨《ふく》らませる。

「そうダヨ！　ボクたちが出会った日ダ！」

「今年で九年よ」

「なんじゃ忘れておったのか？　寂《さび》しいことじゃのう」

そうか。もうそんな時期になっていたのか。

失礼ながら、忘れていた。

「すみません。この間お祝いしたばかりな気がして。もう一年経ったんですね」

時の流れは速い。それだけ充実した日々を送っている証拠《しょうこ》ではあるけど。

独りぼっちだった俺は、九年前のあの日、精霊王様たちと出会ったことで孤独《こどく》から救《すく》われた。

彼らは空っぽだった俺に力を、感情をくれた恩人であり、契約対象だ。

そう、今の俺は魔力ゼロの無能なんかじゃない。

四体の偉大なる精霊王と契約した唯一の精霊使いなのだ。

けれどその事実は、俺以外の誰も知らない。両親でさえも。

ノーム爺が聞いてくる。

「今年も黙っておくつもりか？　アスク坊《ぼう》」

「俺はそのつもりですよ、爺」

「ふむ。ワシはそろそろ伝えてもよい気がするがのう」

「今更ですよ。それに……」

俺が精霊王の契約者だと知れば、お父様はどう思うだろうか？

当然驚き、それ以上に喜ぶだろう。

才能や努力だけでは手に入らない力。それを持っている俺は、他の魔法使いよりも特別だ。

お父様は手の平を返したように優しくなって、屋敷での待遇《たいぐう》も変わる。使用人たちも俺を敬《うやま》い、他の貴族たちは取り入ろうと媚《こび》を売り始める。

そんな光景を想像して……。

「ムカつくんだよなぁ」

「うむ、その通りだ、アスク」

サラマンダー先生が、こくりと頷いた。

怒りの感情の大部分は、先生からもらったものだ。

他の感情と比べて、怒りはもっとも大きく自分の内から湧《わ》き上がる。

先生との相性がよかったのか。それとも、これまでの人生で知らぬ間に溜め込んできた怒りが、煮《に》えたぎる熱湯《ねっとう》のようにぐつぐつ音を立てているのかも。

「今更手の平を返されても困るんですよ。十年以上放置しておいて父親面《ちちおやづら》されても、『なんだこいつは』としか思いません。せいぜい無能だと思って、馬鹿《ばか》にしてればいいですよ」

「……感情豊かになったのはよいことじゃが……」

ノーム爺の言葉をウンディーネ姉さんが引き継ぐ。

「ちょっと豊かになりすぎね。サラマンダーの影響が大きいんじゃないかしら？　これから卑屈《ひくつ》にならないか心配よ」

「誰が卑屈だ！　それは貴様の領分だろう、ウンディーネ！」

「妾のどこが卑屈なのよ！」

「あっはははは！　まーた二人が喧嘩《けんか》してるヨ〜」

シルがけらけらと笑う横で、先生と姉さんは言い争いを続けている。

二人は、性格が合わないらしく、顔を合わせる度に喧嘩している。

精霊王たちは互いに意識し合うことで、釣《つ》り合いを保っているらしいのだ。

とはいえ、一つの肉体を共有することは、彼らにとってストレスになっている気がする。

加えて俺は、同じ場所にずっと留まり、代わり映えのしない日常を送っているし。

せっかく精霊界から飛び出し、こちらの世界に来られたのに、見える景色がずっと同じなのは、退屈ではないだろうか。

「二人がこうして喧嘩しているのも、俺のせいだよな……申し訳ない」

「アスクが謝ることではないぞ」

「そうじゃよ。ワシらは今でも十分に幸せじゃ」

「あの場所は真っ白で何もなかったもの。感じるしかなかったこちらの世界を見ることができる。それで十分よ、ありがとう」

「そうそウ！　だから落ち込まないでヨ！」

精霊王様達は、そう慰《なぐさ》めてくれた。先生と姉さんも喧嘩を止めている。

王様たちは優しい。こんな俺を契約者に選び、今日まで一緒にいてくれた。

飽《あ》きも示さず、毎日声をかけてくれた。お陰で俺もこれまで、孤独を感じることは一度もなかった。やはり無能で役立たずだった俺を救ってくれたのは、ここにいる精霊王様たちなのだ。

当然、恩返しをしたいとずっと考えている。

彼らの望みは、世界を自らの目で、耳で感じること。

だから俺は――

トントントン。

珍しいこともある。俺の部屋の扉《とびら》がノックされるだなんて。

扉の向こうから、使用人の声がする。

「アスク様、いらっしゃいますか？」

「うん、何？」

「旦那様がお呼びです」

「お父様が？」

本当に珍しい。十年間、一度も、お父様は俺に干渉《かんしょう》してこなかった。

それなのに突然……。

「本宅へお越しください。旦那様がお待ちです」

「……わかった」

どういう風の吹き回しだろう。これまで放置だったくせに、いきなり呼び出すなんて。

よほど大事な話でもあるのか？

「いよいよ追い出されるのかな？　まぁ別にいいけど」

この家に愛着はない。家族にも未練《みれん》はない。無能だと見限って追い出すなら、勝手にしてくれ。

むしろそのほうが俺には都合がいい。

投げやりな気持ちで身支度《みじたく》を整え、俺は本宅へと向かう。


「久しぶりだなぁ」

本宅を前にして、俺は思わずそう呟いた。

ここは生まれてから五年間、お父様たちと一緒に過ごした場所だ。

懐《なつ》かしさは……多少感じる。けれど別宅のほうに長くいたせいで、帰ってきたという感覚はない。

むしろ他人の家にお邪魔するような感覚で、俺は本宅へ入った。

そしてしばらく歩き、お父様の部屋に辿り着く。

俺は特に緊張することなく、ノックを三回してから口を開く。

「お父様、アスクです」

「――入れ」

十年ぶりの、お父様の声だ。

俺は扉を開けて中に入る。

来客用の仰々《ぎょうぎょう》しいテーブルと椅子がセットで置かれていて、その奥に書類が積まれた執務机《しつむづくえ》がある。

そこに、お父様は座っていた。

十年というのはやっぱり長い。

俺の記憶にあるお父様の姿よりも、ずいぶんと老《ふ》けている。

髪《かみ》も少し短くなっているし、顔のしわがずいぶんと増えた。

あの頃よりも元気がない……というより、覇気《はき》が薄《うす》れた。

「久しぶりだな、アスク」

「はい。お久しぶりです、お父様」

ありきたりな挨拶《あいさつ》だけを交わし、俺らは固まる。

お互いにしゃべらず、じっと見つめ合う。

俺は話すことなんてないから、お父様の話を待つしかない。

呼び出したのはそっちだろ？　話す気がないなら、帰りたいんだけど。

やがて、お父様は口を開く。

「……少し変わったか」

「そうですね？　十年経ちましたから、背も伸びましたし、声変わりもしました」

「そういうことでは……いや、変わっていないな。その張り付いた笑顔は、あの頃のままだ」

「……」

俺はお父様の前で笑っていた。当時のようにニコニコと、作り物の笑顔を見せていた。

もちろん、この笑みはわざと。本来の意味での作り笑いだ。

「アスク、お前は成人した。もう立派な大人だ」

「はい」

「……もう、一人でも生きていけるだろう？」

「……」

お父様の表情が一気に冷たくなった。予想した通り、そういう話をするために呼び出したらしい。

わかっていたことだけど、いざ聞くと心に来る。

「言うまでもなく、お前はマスタローグ家にとって大きな汚点《おてん》だ。このまま家名を名乗られては、先代たちに申し訳が立たない」

お父様は淡々《たんたん》と語る。何が先代たちだ。自分が認めたくないだけだろう。

自分の子供から、魔法使いになれない出来損ないを生み出してしまったという事実から、目を背《そむ》けたいだけだ。

「よってアスク、お前をマスタローグ家から追放する」

「……ふっ」

思わず笑ってしまう。ここまではっきり言われると、怒りを通り越して呆れてしまうから不思議だ。真剣な表情で何も知らずに息子を追い出す父親……滑稽じゃないか。

「なぜ笑っていられる？　やはりお前は壊れている。魔法使いとしてだけではない……人として必要なものが欠落している」

それは正解だ。ただし、十年前までの俺のままだったら、な。今は違う。

欠けていた感情は、王様たちのお陰で手に入れることができた。彼らとの契約によって感情を取り戻せたから、今の俺は本心で笑うことも、怒ることもできる。

今の笑みも、本心から現れたものだ。お父様には一生、理解できないだろうけど。

追放か。ちょうどいいかもしれないな。

「――待ってください、お父様」

「なんだ？」

「俺、じゃなくて僕にチャンスをいただけませんか？」

「チャンスだと？」

厳《きび》しい表情を浮かべるお父様に、俺は懇願《こんがん》する。

本心を偽《いつわ》り、作った笑顔で。

「明後日、王都の魔法学園の入学試験があります。もし合格することができたら、今の話を考え直していただけませんか？」

王立魔法学園。王都には世界最大の魔法使い養成所が存在する。

魔法使いを志す者なら誰もが憧れる学《まな》び舎《や》だ。

学園に入学し、四年間を過ごし、卒業認定を受けることで、晴《は》れて一人前の魔法使いとして認められ、更には国家魔法使いになるための試験を受けることが許される。

魔法使いの名門マスタローグ家は、代々この学園に入学し、国家魔法使いの資格を取得してきた。

去年、兄さんが一足早く入学している学園も、漏《も》れなくここだ。

「お前が学園に？　それは不可能だ。あそこは魔法を学ぶ場だぞ。魔力を持たないお前に何ができる？」

「わかっています。だからこそ、挑戦したいんです！」

「時間の無駄だと……いや、いいだろう。一度だけチャンスを与えよう」

「本当ですか？」

俺は過剰《かじょう》に笑ってみせる。

お父様は呆れ顔で、ため息混じりに呟く。

「どうせ結果は変わらないだろうがな。それでお前が納得するのなら、いいだろう」

「はい！　ありがとうございます。頑張ります！」

「……そうか」

俺は深々と頭を下げた。

それからすぐさま部屋をあとにして、本宅から別宅へと歩いて戻る。

その道中、サラマンダー先生が語り掛けてきた。

「ついに見せつける気になったか？　アスク」

「はい。でも少し違いますよ」

「む？」

「俺は別に、あの人にも周りにも、認めてほしいなんて思っていませんから」

今更そんな感情は抱《いだ》かない。

俺には王様たちが一緒にいてくれる。彼らに認められていれば、他に何もいらない。

「これからするのは、十年分の意趣《いしゅ》返しです」

子供として、親に成長を見せつけてやる。そしてわからせてやろう。

お父様は、本当に何も見えていなかったのだと。

◇◇◇

マスタローグ家の領地から馬車で一日。

俺は一人、魔法学園の試験を受けるために、王都へとやってきた。

「王都も久しぶりだなー」

「わぁー！　すっごい人ダネ！」

シルが俺の周りを飛びながらはしゃいでいる。

「ここは人が多くていいネ！」

「賑やかなのが好きですね、シルは」

「うん！　だって楽しいからネ！」

精霊王様の中でも一番明るい性格のシル。

彼女は自分のことを愛称で呼ばせたがるなど、一番距離感近く接してくる。

彼女は人間を含め、生き物が大好きらしい。

だから俺も、友達みたいな感覚で話すようになった。

精霊界から人間界の情報を見たり聞いたりはできない。

こうして実際に賑わう街を見るだけでも、彼女にとって幸せなのだろう。

「ごめん、シル。本当は観光したいところだけど、試験まで時間がないんですよ」

「ううん、大丈夫ダヨ。こうして見られただけで十分！　さぁ試験会場までレッツゴー！」

「おおー！」

なんてやりとりも、傍から見れば一人で盛り上がっているように見えるわけで。

周りの視線を感じて、逃げるように速足で移動する。

この恥《は》ずかしいという感情は、何度経験しても慣れないな。

会場は学園の敷地内。学園は王都で二番目に大きな建物らしい。

それから五分ほどかけて周囲の人に聞きつつ、学園に辿り着いた。

会場の入り口で、受付を済ませる。

噂《うわさ》通り、入学希望者がたくさん集まっている。

試験は大きく三段階に分けられる。

一つ目は筆記《ひっき》試験。魔法使いやこの国の歴史に関する基礎《きそ》知識を問われる。七割以上正解していれば合格だ。

二つ目は身体検査。これも試験の項目に含まれる。

身長体重などの肉体の情報だけではなく、魔法使いとして重要な魔力についても検査される。

魔力の総量、性質、魔法への適性などを特別な魔導具を使うことで、調べられるんだとか。

そして三つ目が実技試験だ。これは毎年審査方法が変わるから、前情報はなし、と。

受付を済ませた俺は、筆記試験の会場へ。

その道中、周囲の人の格好を見たが、貴族が多かった。

試験は、地位によって優劣がつくわけではない。

ただし、貴族は生まれながらに優れた魔力を秘《ひ》めている者が多く、その時点で一般人との差が生まれてしまう。よって必然的に、合格者のほとんどが貴族だったりする。

俺も一応貴族だし、それなりの格好をしているから溶け込んでいるけど……。

「素性《すじょう》がバレたら、笑われるな」

そう呟いて、席に着く。

それから一時間後、俺は難なく筆記試験を終えた。

知識には自信があったから、ここで後《おく》れを取ることはあるまい。

問題は次だ。精霊王様達のお陰で魔法こそ使えるが、俺自身が魔力を宿しているわけじゃないから、恐らく魔力反応が出ないんじゃないかと踏んでいるのだ。

身体検査も、筆記試験を受けた教室で行われる。

審査員が魔導具を準備し、その前に順番に並んで検査を受けるような形だ。

「次、アスク・マスタローグ」

「はい！」

大きく名前を呼ばれて返事する。直後、会場がざわついた。

「マスタローグだって？」

「確か同世代にマスタローグ家の出来損ないがいるって噂になっていたような……」

貴族の多くは俺のことを知っている。

顔は知らずとも、名門に生まれた出来損ないの名は、貴族の間では有名だった。

俺は周囲の声を意に介さず、魔導具の水晶に手をかざす。

「測定されませんね」

「はい。俺には魔力がないそうなので」

俺はニコリと微笑んで、審査員に教える。

審査員も薄々感じていたのだろう。納得したような表情を浮かべて、次の受験者の名前を呼んだ。

周囲が更にざわつく。クスクスと嘲笑《あざわら》う声も聞こえる。

わかっていたことだ。今はこれでいい。

今のうちに、せいぜい馬鹿にしていればいいさ。

「次の試験が楽しみだよ」

俺はそう呟くのだった。


実技試験の形式は、個人戦だった。

受験者を二十のグループに分け、グループ内の全員を同じ模擬試験場《もぎしけんじょう》へ配置する。

森林や川や岩山など、自然を模した模擬試験場は、普段は訓練場として使用されているらしい。

受験者には小さな結界魔導具が配布される。

魔導具には規定量の魔力が予《あらか》め注《そそ》がれていて、使用者を攻撃《こうげき》から守る結界を張る。しかし攻撃を受けすぎれば魔力を消費し、魔導具が使用できなくなってしまう。

「要するに、他の受験者の結界を破壊して最後まで残ればいいのか」

渡された魔導具はペンダントタイプ。魔力のない俺でも、予め魔力が注がれているこれなら使えるはずだ。

そして、合格ラインは各グループの上位三割が残るまで生き残ることと、厳しめだ。

「さて……」

俺は第一グループに割り振られた。

既にグループ参加者は模擬試験場の各地に散っている。

鐘《かね》の音が鳴ると試験開始だったはず。

音が聞こえるまでは戦闘《せんとう》行為が禁止されているけど、移動は自由らしい。暇《ひま》なので適当に歩くことにした。

「広いなぁ」

ここで多くの魔法使いが学び、競《きそ》い合ってきたのか。

確かに設備はしっかりしている。あとは優秀な指導者がいれば、それなりの魔法使いを育てられそうだな。

「おっ！　運がいいな」

「――――！」

適当に歩いていたらバッタリ、他の受験者と出くわしてしまった。

早速戦闘開始といきたいところだけど、まだ鐘の音は聞こえていない。ルール違反は即失格だ。お互いにわかっているから、これ以上は近付かない。

ただ……。

「どうして一緒にいるんだ？」

姿を見せたのは一人ではなく、四人。全員が男で、服装からして貴族っぽい。

彼らは合格枠を争う敵同士だと言うのに、仲良く一緒に歩いていた。

「別にルール違反はしてないぞ？」

「確かに」

ルールでは共闘は禁じられていない。

合格条件は生き残り。複数人を合格にできるから、仲間と協力するのは合理的だ。

「予め仲間を集めていたのか？　賢《かしこ》いね」

「そういうお前は馬鹿みたいだな。魔力のない、マスタローグ家の落ちこぼれ君」

「……まぁ知ってるか」

初対面だというのに馴《な》れ馴れしいとは思うが、仕方ない。

彼らは俺を見下しているのだから。

そう内心でため息を吐いていると、貴族四人はそれぞれ俺をせせら笑ってくる。

「噂には聞いてたけど馬鹿なんだな！　魔法も使えないくせに試験を受けに来るなんて！」

「合格するわけないのにね」

「それとも頑張ればどうにかなるって思ったのですか？」

「……哀《あわ》れだ」

俺は呆れつつも言う。

「仲良さそうだね、そっちは」

初対面、という感じには見えない。

おそらく予め共闘する計画を立てた上で、試験場に入ってからすぐに合流したのだろう。

試験場は広いが、魔法を使えばこれまでの時間でぐるっと回れるくらいでしかないし。

貴族のうち一人が、俺を指差してくる。

「けど感謝してやるよ！　お前が馬鹿なお陰で、俺たちは合格に一歩近付く。早速ボーナスを貰えたようなもんだな！」

「ボーナス……ねぇ」

果たしてそれは、どちらかな？

直後、試験開始の鐘の音が響く。

貴族の男たちは、一斉に構える。

「そら、早い者勝ちだ！」

そんな言葉とともに全員が魔法陣を展開し、俺を目掛けて魔法を撃ってくる。

炎の弾丸、雷撃、風の刃《やいば》、水の槍《やり》――異なる属性であらゆる方向から放たれた魔法攻撃が、俺に直撃する。

炎が風によって渦巻《うずま》き、水と雷撃が地面をえぐる。

炎の渦は、しばらくしても消えない。

それを見て、貴族のうち一人が言う。

「おいおい、やりすぎだろ！　誰だあれ？　さっさと魔法を解除してやれよ」

それに対して、別の者が戸惑った声を上げる。

「え？　お前じゃないの？」

「は？　違うけど？　お前らじゃないのか？」

四人全員が、首を横に振る。

ならば誰だ？　あの炎の渦を作り出しているのは？

彼らはきっと、そう思っていることだろう。

俺は小さくため息をこぼす。

「はぁ……この程度か」

炎の渦は拡散し、一瞬にして消え去る。

彼らは驚愕《きょうがく》していた。魔導具の結界はあくまで試験用。

彼らが放った魔法の威力《いりょく》は、明らかに魔導具が防御できる範囲を超えていた。

直撃すれば結界は即座に破壊され、大ダメージを受けることは必至――の、はずだった。

しかし無傷で現れた俺を見て、貴族たちはそれぞれ呆然と呟く。

「ば、馬鹿な……どういうことだよ」

「無傷？　しかもさっきの炎の渦はなんなんだ……？」

「ありえない……魔力がないやつが、どうやって俺たちの魔法を……」

俺はそんな貴族たちを見て、大きく息を吐く。

「……ふぅ、正直釣り合わないけど、どうせこれが最後だ。見せてあげるよ。俺の……俺たちの力を」

そうして彼らは目撃する。俺以外で初めて、精霊王たちの力を。

再三になるが、精霊とは大自然から生まれた魔力に意思が宿った存在である。

そして彼らが住まう精霊界は、人間界とは異なる領域に存在している。

人間界と精霊界は地続きではなく、重なり合っている状態――コインの裏表のような関係性だ。

だから、普通は互いに別の世界の事象を認識できない。

そんな中、精霊が人間界に干渉する唯一の方法が精霊契約、つまり人間と契約を結ぶことだ。

精霊は本来、生まれた場所から移動できない。彼らの肉体を構成するのは魔力だ。

生まれた場所から生まれる魔力を補給し続けていなければ、彼らは肉体を維持できない。

しかし精霊契約を以《もっ》て自身に近い魔力を持つ人間を見つけ、依代《よりしろ》にすることで、人間界に身を置くことができる、というわけだ。

故に精霊と契約を果たした人間は、自身の魔力を精霊に与えることで彼らの命を維持し、その対価として精霊は、大自然を操《あやつ》る力を人間に与える。

だから、精霊使いは魔力がなければ精霊との契約を維持できないのだ。

もっともこれは、普通の精霊と契約する場合の話。

俺は違う。


「どうなってるんだ！　なんでこいつが炎を操ってるんだ！」

俺は自身の両手に激しく燃え上がる、巨大な炎の剣を生成した。

猛々《たけだけ》しく燃える炎は、俺の意のままに形を変えるのだ。

俺は炎の剣を、貴族の一人に振り下ろす。

相手も防御を試みたが、そんなもので防げるわけもなく、破壊される。

試験用の結界が、砕《くだ》け散った。

「まず一人。ちょうど四人いるから、全ての属性を試せるな。次は――」

周囲の地形を操り、地割れを起こした。

貴族の男は、バランスを崩し、慌てた声を上げる。

「じ、地面が割れ――」

そこへ、地面から石の柱を伸ばす。

石の柱は男の腹へクリーンヒットし、そのまま空中へと突き上げる。

その際に、結界が割れる音がした。

貴族の男の体は綺麗な放物線を描いた後に、地面に落下した。

ぴくりとも動かないのを見るに、気絶しているようだな。

そんな一連の流れを見て、残った貴族のうち一人が声を上げる。

「魔法陣なし？　ってことはまさか、精霊術？　でもなんで！　魔力のないやつが精霊と契約なんて、できるわけないのに！」

「普通は無理だよ。けど、例外も存在する」

そう、例外。俺と契約してくれた四体の精霊王たちだけは、この法則には当てはまらない。

彼らは他の精霊たちの原点であり頂点――世界に存在する元素そのものの化身なのだ。

他の精霊とは違い、この世界のあらゆる自然から魔力を補うことができる。

だが、彼らの持つ強大な力は、普通の人間が扱うにはあまりに大きすぎる。

彼らが求めるのは優れた魔法使いの才能ではなく、大きな力にも耐えうる強靭《きょうじん》な肉体だったのだ。

そういった意味で俺は最適な器だったと言える。

魔力が少ないのではなく、全く持たない人間は、世界広しといえども俺だけだろうから。

魔力とは命のエネルギーだ。そして魔力と感情には確かな繋がりがある。

王様たちのお陰で知ったことだけど、俺たち人間が持つ感情は、大自然にあふれる精霊の力によってもたらされた恩恵《おんけい》だった。

世界に溢れる、魔力の源たる元素。それが俺たち人間の身体に、微量ながら宿る。

それこそが感情の源――心と呼ばれるものなんだそう。

俺はそれすら欠如していた。

ただ、感情と魔力を失った代わりに、常人をはるかに超える身体能力を備えていた。

精霊王様たちは、常々俺にこう言う。

『まるで精霊王の器になるために生まれたような存在だ』と。

光栄だ。お陰で俺は、こうして強くなれたのだから。

俺は残った二人の貴族目掛けて、水と風の魔法を同時に発動する。

「こんどは水……ぶぶぶぶぶぶぶぶぶ」

「た、竜巻いいいいいいいいいいいいいいいいいいい」

「お前たちが相手にしているのは大自然だ。人間がどれだけ鍛えても、自然には勝てないよ」

……そんな風に格好よく決め台詞を口にしたのはいいけど、誰も聞いていないから、空《むな》しいな。

「まぁいっか。それより、移動しよう。これで終わりじゃないわけだし」

まだまだたくさんいるはずだ。俺のことを馬鹿にして、見下していたいやつらが。

彼らにじっくり思い知ってもらおう。どちらが本当の無能なのか。

そして魔力ゼロの出来損ないに敗れて不合格になったのだと、周りから笑われてしまえばいいんだ！

「クククックッ」

思わず笑みがこぼれてしまった。

「それでよい。よいぞ、アスク」

「陰湿じゃのう」

「一気に感情を爆発させすぎたわね。性格が捻《ね》じ曲がっちゃったわ」

「ボクたちには優しくいい子なのにネ〜」

精霊王様たちはそんな風に好き勝手言っているけど、まぁ気にするまい。

◇◇◇

試験結果は後日、郵送にて通達される。

合格した場合はだいたい一週間後に連絡が来る仕組みだとか。

そして、今日でちょうど試験から一週間。

「……そろそろか」

俺は一人、別宅でいそいそと仕度を始める。

すると、窓から吹き込む心地よい風が教えてくれる。誰かが別宅に急ぎ足で近付いていることに。

「――よし」

◆◆◆

一人の男が、別宅へとやってきた。

彼はノックもなしに別宅の玄関を開け、中に入る。

「アスクはいるか？」

そう大きな声で口にするのは、アスクの父であり現マスタローグ家当主、その人だ。

彼の右手には、学園から届いたばかりの合格通知書が握られていた。

「まだ寝ているのか？」

足取りも軽やかにアスクの父は、アスクの寝室に向かう。

いつになく上機嫌な理由は、アスクが学園の試験に首席で合格するという予想外の知らせ故。魔法の名家であるマスタローグ家の歴史の中でも、首席合格者が出るのは、初めてのことだった。

全く期待していなかった分、その喜びは大きい。

彼は寝室に辿り着き、ノックもせずに扉を開ける。

「アスク」

扉を開けると同時に名前を呼んだが、返事はない。

そこには整頓《せいとん》されたベッドがあるのみだ。

「ここにもいない。どこに……ん？」

アスクの父は、テーブルの上に一枚の手紙を見つける。

二つ折りされたそれを開くと、そこにはアスクの字で簡潔《かんけつ》にこう書かれていた。

『お父様へ。合格したけど学園はつまらなそうなので入りません。俺は旅に出ますから、どうぞ勝手に追放してください。今までお世話になりました。お母様と兄さんによろしく』

「……ア、アスク‼」

怒号が響く。しかしその声は、もうアスクには届いていなかった。

彼は今――

◆◆◆

「う、うーん！　いい天気だ」

荷物を担《かつ》ぎ、丘の上からマスタローグ家の領地を見渡す。

暮らしていた時は広く感じたものだけど、こうして見ると、案外狭かったんだな。

俺が見ていた景色なんて、世界のほんの一部に過ぎないんだ。

「本当によかったのか？　アスク」

「先生」

サラマンダー先生は、心配そうな表情を浮かべている。

続けてノーム爺も同じようなことを言う。

「せっかく合格したんじゃぞ？」

「そうよ。学園には同年代の子もいるんだし、素敵な出会いだってあったかもしれないわ」

「興味ないですよ、姉さん」

ウンディーネ姉さんは、少しガッカリした表情を見せる。

俺は続けて言う。

「言ったでしょう？　これは十年分の意趣返しです。きっと今頃、お父様は大慌てで俺を探しているでしょうね」

あのお父様が顔を真っ赤にして怒りながら、俺の名前を叫んでいる様子を想像すると、笑ってしまう。

「スッキリした顔してるネ！」

シルは嬉しそうに、俺の周りを飛び回っている。

「ええ、とっても。ようやく解放された気分です」

あの場所から……俺はようやく抜け出したんだ。

そんな風に感慨に耽《ふけ》っていると、先生が尋ねる。

「これからどこへ行くのだ？」

「どこへでも行けますよ。やっと王様たちに世界を見せられる」

「――！」

「まさか、ぬしは……」

「妾たちのために？」

「そうなの？」

俺は小さく笑う。ずっと考えていたことなんだ。

彼らは世界をその眼で見たくて、俺と契約した。

けれど俺が不甲斐《ふがい》ないせいで、その願いを叶《かな》えてあげられなかった。

いつか必ず家を出て、世界に繰り出そう。

常々そう考えていたのだ。

俺は言う。

「俺も見てみたいんです。この世界を……」

だから旅立つと決めた。一人じゃないから、不安もない。

俺は陽気に一歩を踏み出す。どこへでも行ける自由な身体で、前を向いて。

「さぁ、行きましょう！」

どこへでも。

第二章　冒険者

予め最初の目的地は決めておいた。

マスタローグ領から北へ行くと、別の貴族の領地に入る。そしてすぐさまミリミリという比較的大きな街があるから、そこへ向かう予定だ。

現在俺は、ミリミリとマスタローグ家の間にある王都を出て、歩いている。

道中、サラマンダー先生が俺に尋ねてくる。

「なぜ街に行くのだ？　定住する気か？」

「まさか。マスタローグ家からも近いですし、それはないです。長く滞在する気すらありませんよ。ミリミリへ行くのは、冒険者登録がしたいからです」

「ほう、冒険者になるつもりなのか？　アスク坊」

「はい。旅をするにも、お金が必要ですから」

冒険者なら世界中どこでも仕事ができる。自由に生活するにはもってこいの職業だろう。

学園と違って魔力がないと入れません、なんてルールもないし。

やる気があれば誰でも歓迎。ただし実力がなければ依頼を熟せず、食っていけない実力社会だ。……という話を王都で、冒険者から聞いた。

冒険者は王国の庇護下《ひごか》にある組織じゃない。

むしろ王国は冒険者たちを疎《うと》ましく思っているきらいすらある。

そう考えると、偶然依頼で訪れている冒険者に出会えたのは幸運だった。

「少し急ぎましょうか。もう日が暮れそうだし」

でも普通に歩いては日が暮れるな……なんて思っていると、シルが言う。

「ボクの力を使いなヨ！」

「そうさせてもらいます」

俺は助言通り、シルの力を借りて空を飛ぶ。

大気を支配し、風を意のままに操る風の精霊王の力。

これを使えば、空を自由に飛び回ることなんてお茶の子さいさいである。

魔法使いにとって飛行魔法は高等技術だから、これぞ精霊使いの特権、いいや精霊王の契約者の特権と言えるだろう。

「風が気持ちいい」

「でしょでショ！　空はいいヨ！」

シルもテンションが高い。

やはり自分たちが得意な領域にいる時が、一番生き生きするな。

対照的に地面から離れたことに、ノーム爺はため息をこぼす。

「空は苦手じゃ」

「すみません。なるべく早く向かいます」

「えぇ～。せっかくだし寄り道しようヨ！」

「勘弁してくれ、ワシの身がもたん」

爺の声量は、どんどん小さくなっていく。

別に死ぬことはないだろうけど、申し訳ないから急ごう。

空を飛び、地形を無視すれば、本来陸路で半日弱かかる道のりを二時間半で往くことができるのだから、本当に便利だ。


「さ、地上ですよ、爺」

地上に着いたので、ノーム爺を降ろしてやる。

「おお、やっと落ち着けるのじゃ」

そんな風に安堵の声を漏らす爺とは対照的に、シルは不満気だ。

「あーあ、ボクはもっと飛んでいたかったナ～」

「また今度にしましょう。さて」

冒険者の受付はどこですればいいのかな？

確かギルドと呼ばれている建物があって、そこの受付で登録する必要があると、冒険者から聞いたが……。

外観とかも聞いておくべきだったな。どれがその建物なのか――

「あ、これか」

一瞬でわかった。看板に大きく冒険者ギルドって書いてあるし。

そうでなくとも街の外観を無視した横長の木造建築は、非常に目立つ。

他が白色だったり、明るい色合いの建物が多い中で、ギルドは一軒だけ茶色なのだ。

既に日は落ち始めていたけど、明かりがついているので、まだやっているのだろう。

扉を開いて、中に入る。

すると、屈強な男たちが「今日もおつかれー！」「かんぱーい！」なんて言いながらワイワイ騒いでいた。

「賑わってるなぁ」

依頼終わりの人たちばかりなのだろう。ギルドの中には飲食スペースがあって、彼らはそこでお酒を飲みながら楽しそうに話している。

男ばかりでむさ苦しくはあるけど、悪くない雰囲気だ。

飲食スペースから視線を横に移すと、女性が座っている窓口を見つけたので、俺はそこへ歩いていく。

「ようこそ冒険者ギルドへ。登録ですか？　ご依頼の受付ですか？」

受付嬢の言葉に答える。

「えっと、登録です」

「ありがとうございます。では、こちらの用紙に必要事項を書いてください。登録の準備をいたします」

手渡された用紙に目を通す。

名前、年齢、性別、出身地……は適当に誤魔化《ごまか》すか。それと職業と得意なこと？

魔法使いとは書けないし、精霊使いって素直に書いたら、悪目立ちしてしまう。

剣士とかにしておこう。

「終わりました」

「ありがとうございます。えー、エレンさんですね」

「はい」

名前も適当につけた。

どうせ深く関わる気はないし、大丈夫だろう。

「それでは魔力測定をしますので、こちらに」

「え？　魔力を測るんですか？」

戸惑う俺を前に、受付嬢は水晶の魔導具を取り出す。

学園の身体検査で出てきた装置、ギルドでも使われているのか。

「はい。冒険者登録をすると実力に応じてランクが振り分けられます。通常は最低のＦからですが、高い魔法適性がある方は特別に上のランクから始められるんです」

「へぇ……」

つまり、ギルドでも魔法使いは重宝《ちょうほう》されるというわけか。

それに魔法が使えずとも、魔力を操り肉体を強化して戦うことはできるから、魔力を測ればなんとなくの実力は見えるしな。

「お、新人が加入するのか？　ずいぶんと若いな」

「将来有望ならうちにスカウトしようぜ～」

なぜか、見物人が集まってきている。

みんなに注目される中で魔力測定……これはなんとなく流れが読めたぞ。

「ではお願いします」

俺は水晶に触れる。本来なら測定が開始されるが、ピクリともしない。

受付嬢が、首を傾げる。

「あれ？　故障？」

「あーいえ、たぶん正常です」

俺は水晶から手を離す。

「俺の魔力、少なすぎて測定できないんですよ。あはははっ……」

「え……」

数秒、静寂が流れる。

その静けさを破ったのは、周囲の冒険者たちの笑い声だった。

「だっはははは！　なんじゃそりゃ！」

「魔力なさすぎて測定できないとか、聞いたことねーぞ！」

「過去最低の記録だなぁ！」

周りは爆笑、受付嬢は愛想笑《あいそ》い。そして俺は苦笑い。

笑顔いっぱいな冒険者デビューを迎えた俺は、心の中でため息をこぼすのだった。

◇◇◇

翌日の早朝。

俺はミリミリの街の中にある宿を出て、冒険者ギルドに向かっていた。

長期滞在する気はないが、ギルドの仕事に慣れるまではこの街にいようと決めたのだ。

あれだけ目立ってしまったし、昨日の夜に出発することも考えたけど……。

「目立ったなら、むしろ自由にやってやる！」

というわけで、仕事を熟しつつ資金調達をすることに決めた。

目標は三日くらいだ。それ以上滞在してしまうと、お父様が今も全力で探していた場合に見つかるリスクがある。

冒険者ギルドに到着したので、ベルの音を鳴らしながら扉を開けて中に進む。

昨日とは違って、ギルド内は賑やかだけど落ち着いている。

大勢の男たちが、掲示板の前に集まっているのが、目に入る。

受ける依頼を選んでいるのだろう。

俺も掲示板の方へ向かおうとして――

「どうも」

「あ、おはようございます」

昨日の受付嬢は今日も愛想笑い。

掲示板周りの冒険者たちも、俺のことに気付いてひそひそと笑う。

「おいあれ昨日の」

「魔力ゼロ男《お》だ」

最速で不名誉な呼び名をつけられているが、無視する。

どうせ長居しないんだし、気にするだけ損だ。

十年以上馬鹿にされ続けてきた俺にとって、一時の嘲笑《ちょうしょう》は気にすらならない。

俺は平然とした態度で、掲示板を見る。

「どれどれ」

俺のランクは最低のF。冒険者は自分と同等以下のランクの依頼しか受けられない。

俺の場合はFランクだけだ。加えて受けるためにも細かな条件がある。

「二人以上、三人、パーティー推奨《すいしょう》……一人不可」

なんだこれ？

Fランクの依頼は、全部一人で受けられないじゃないか。

これじゃ慣れる以前に依頼を受けられないぞ。

「パーティーなぁ……」

「そこの坊主、困ってるみてーだな」

後ろから野太《のぶと》い声の男性が声をかけてきた。

丸坊主の大男と、その他二名。知り合い……はありえない。俺は左右を確認して、声をかけられたのが自分か確認する。

誰もいないから、やはり俺か。

「俺ですか？」

「そうだよ。昨日目立ってた、面白いやつだろ？　盛大に笑わせてもらったぜ」

「はぁ……」

別に笑わせたくてそうしたんじゃないけど。

揶揄いに来たのか？

「お前、一人で依頼が受けられなくて困ってんだろ？」

「え、あ、はい。そうです」

「笑わせてもらった礼だ。俺たちのパーティーに入れてやるよ」

「え、いいんですか？　助かります」

パーティーに入れば、依頼が受けられる。

誰かに声をかけるか諦めるかの二択で悩んでいた俺にとっては、嬉しい申し出だった。

「んじゃ決まりだな！　もう依頼は受けてあるからよ！　さっさと行こうぜ」

「はい！　よろしくお願いします」

俺は深々と頭を下げる。乱暴そうな人だけど、案外いい人なのか？

冒険者も悪くないな——と思ったのは、一瞬だった。

「気にすんな！　ちょうど欲しかったんだよ。荷物持ちが」

「……」

三人が俺を見る視線は、これまで何度も感じてきたものと同じ。

下等生物だと見下す視線だ。

「そういうこと……か」

俺はぼそりと呟く。

一瞬でも期待した俺が間違いだった。けれどパーティーを組まないと依頼が受けられない。

まぁここは文句を言わず、従おうじゃないか。

◇◇◇

「おらこっちだ。しっかり歩けよ」

「はい」

俺は特大の鞄《かばん》を背負って彼らのあとに続く。

やってきたのは森の中。地面は凸凹《でこぼこ》していて傾斜《けいしゃ》もきつく、歩きにくい。

仲間に加えてもらったパーティーの一人が言う。

「お前、結構力持ちだな！　魔力ないくせに」

「ええ、鍛えているので」

「そうかよ。こいつは便利な荷物持ちを拾ったな。がっはははははは」

「……そうですね」

能天気な人だ。森の中には既に魔物の気配が漂《ただよ》っているというのに。

彼らはDランクの冒険者パーティーで、受けた依頼もDランク。俺はFだけど、パーティーの過半数が既定のランクを超えていれば問題なく受注できるそうだ。

この人たちの話だと、冒険者の比率はCランクとDランクが七割、最上位のSランクは二十人しかいないとか。

パーティーの人たちが先輩風を吹かせつつ、冒険者について教えてくれたんだけど、興味ないから適当に聞き流していたのでこれ以上は覚えていない。

森の中を進んでいると、黒い狼《おおかみ》の魔物が群れで姿を見せる。

ブラックウルフという魔物だ。

俺をギルドに引き入れた丸坊主の大男が叫ぶ。

「出やがったな！」

俺は無意識に一歩前に出て、戦おうとしていたらしい。それが邪魔だったらしく、丸坊主の大男は俺の肩を掴《つか》んで引っ張る。

「邪魔だ！　どうせ戦っても役に立たねーだろうが！　お前はその辺でビクビク震えてやがれ！　いいか？　間違っても、俺たちの邪魔をするんじゃねーぞ」

「……はい」

言われた通りに後ろに下がる。

ブラックウルフ程度なら百匹だろうと負けることはないだろうが、今は従っておこう。

このパーティーがどれくらいやれるか、少し興味もあるし。

彼らはそれぞれの得物を手に、ブラックウルフと対峙《たいじ》する。

「おら！」

「そっち行ったぞ！」

「任せろ！」

「……なるほどね」

彼らは大剣に魔力を注いで威力を増したり、引き絞《しぼ》った矢に魔力を纏わせて放ったりとそれぞれ魔力を活かしてブラックウルフにダメージを与えていく。

魔力は魔法使いだけが扱える力じゃないというのを、目の前で見せつけられている気分だ。

この世界に生まれた人間なら誰でも使える力……か。

ただ一人、かつての俺という例外を除いてではあるが。

◇◇◇

その日の夜。

無事に依頼を終えて帰還した俺たちは、ギルドで祝勝会をすることになった。

「かんぱーい！」

酒を片手に騒いで楽しむ。生きるか死ぬかの危険な仕事故に、無事だった時は盛大に喜ぶようだ。

悪くない習慣だと思う。ついていけるかは別として。

「いやー助かったぜ。やっぱ荷物持ちって便利だなぁ！　戦えねーのはゴミすぎるが、動く鞄だと思えば我慢できるしよぉ」

「今日は楽だったたな」

「明日も頼むぜ雑用係！　逃げやがったら承知しねーからな」

お酒が入って気が大きくなっているのだろう、パーティーの面々は、俺の悪口を堂々と口にする。

正直かなりうざい。

「あーそうだ。今回の報酬、お前の分だ」

「はい。ありがとう……」

『ございます』と続けようとして、固まってしまう。

「これだけ、ですか？」

テーブルの上に置かれたのは、雀《すずめ》の涙ほどの金。ビックリするほど少額だ。

飲み物を数本買っただけでなくなる程度である。

明らかに不当だ。だというのに、彼らは苛立ったように言う。

「あん？　これでも多いほうだろうがよぉ」

「ただの荷物持ちの雑用係のくせに、俺たちと同じ金額をもらえるとでも思ったのか？　図々《ずうずう》しいにも程があるだろう」

「戦闘にも参加できねーゴミは、これで十分なんだよ」

彼らはガハガハと下品な笑い声を響かせた。

今回の依頼で俺がやったのは、荷物の運搬《うんぱん》と倒した魔物の素材をはぎ取ること。

あとは野草を見つけて採取したり、帰り道を覚えたり。

全体的に雑用だけで、戦闘は全て彼らに任せた。

受けた依頼も自分たちの身の丈《たけ》にあったものだから、俺がいなくても成立する。

だから彼らは俺を誘ったんだ。

「ふぅ……賢い人たちだな」

俺は反論するのも馬鹿らしくなり、そう呟いた。

この場合は狡賢《ずるがしこ》いというべきか。貴族も冒険者も同じ人間。その本質は変わらない。

俺の中で精霊王様たちが苛立っているのを感じる。

どうか落ち着いてください。俺は平気です。なぜなら既に、結末は考えているから。

「あの、一ついいですか？」

俺の言葉に、丸坊主の大男は首を傾げる。

「んお？　なんだぁ？」

「今日行った森、どうして奥まで進まなかったんですか？」

「ああん？　んなもん決まってんだろ。危険だからだよ」

「危険？」

森の中を移動している最中、先頭を歩く丸坊主の大男は執拗《しつよう》に現在地を確認していた。

その上で、何度か仲間に『踏み込みすぎたから下がるぞ』みたいなことを口にしていたのも聞いている。

他の仲間たちもそれに頷いて同意していたし、何がしかの共通認識があるようだ。

ちょうどお酒で酔って口が軽くなっているし、いろいろ情報を集めようと思ったのだ。

「何が危険なんですか？」

「知らねーのか？　あの森には主《ぬし》が棲んでるんだよぉ」

「主？　大型の魔物か何かですか？」

「らしいぞ。見たやつの話じゃ……街の直径よりも長い大蛇《だいじゃ》だってさぁ」

それはかなりの大きさだな。

別宅の本で調べた知識を思い出しつつ、あたりをつける。

「他に特徴は？」

「ぐぅー……」

「寝ちゃったか」

かなり飲んでいたからな。明日もあるのに大丈夫なのだろうか？

他のメンバーもふらふらしている。

「お先に失礼します」

一応そう告げてその場を後にする。

寝てしまった丸坊主の大男以外は片手を上げてくれたものの……きっともう意識は混濁《こんだく》しているだろうな。

俺はそのまま、誰もいない掲示板の前まで歩いていった。

掲示板の端《はし》っこには一枚、古くなった依頼書がある。

おそらく誰も受けないまま放置されているのだろう。

依頼名、森の主の討伐。適応ランクはB以上、パーティー推奨、か。

「この街にはBランクのパーティーはいないのか？」

規模の小さな街だし、冒険者の数も少ないほうなのかもしれない。

丸坊主の大男の口ぶりからして、近寄らなければ被害はないってことで、ずっと放置されているんだな。

「なるほど……」

俺がそう呟くと、精霊王様たちが現れる。

「悪い顔してるネ～」

そんなシルの言葉に、ウンディーネ姉さんはニヤッと笑う。

「あまり陰湿すぎるとサラマンダーみたいになるわよ」

「聞き捨てならんな！　我もアスクも陰湿ではないぞ！」

「やれやれ、それでどうするのじゃ？」

俺は口の端を上げて、ノーム爺の質問に答える。

「明日ここを出るので、盛大にサプライズしようと思っています」

森の主の魔物種別は、サンズサーペントか。

大きさによっては災害指定されているほど強力な魔物だ。

サプライズにはちょうどいい。

「明日が楽しみだな」

俺はそう呟きつつ、ギルドを後にした。

◇◇◇

翌日。

俺は彼らとともに再び森へ入る。

受けた依頼は、昨日と同じだ。

冒険者の多くは効率よく稼《かせ》げる依頼を選んで受けている。

彼らの実力的に、これくらいの難易度と報酬のバランスが一番丁度いいのだろう。

生活のためには合理的な選択だと思う。ただ、慣れていくと気が緩《ゆる》む。

「あー、頭いてぇ」

「昨日は飲みすぎちまったな」

「今日、休みにするのもありだったな」

「まぁよくあることだしな。さっさと片付けて帰ろうぜ」

三人とも昨夜はお酒を飲みすぎて、めでたく二日酔い状態だった。

それでも依頼に出るあたり、万全な状態でなくても、ブラックウルフは余裕で討伐できると思っているらしい。現に昨日の戦闘を見る限りでは危なげなかった。

普段通りであれば、なんの問題もないだろう。

そう、普段通りであれば。

突如、轟音《ごうおん》が鳴り響く。大地が揺れ、木々がなぎ倒されていく。

「な、なんだ?」

「この音はまさか――」

きっと彼らの背筋《せすじ》は凍《こお》り、酔いも一気にさめただろう。

眼前に迫る大蛇に睨まれたとあれば、そうなるのも自然なことだ。

森の主、サンズサーペント。

十年以上前から森の奥に巣食っている大蛇は、他の魔物を森の外へ追いやる要因となっていた。

森から魔物があふれ出た場合、危険なのは近くの街だ。

それ故にギルドは討伐依頼を出した。しかしサンズサーペントの大きさは想定以上で、街にいる冒険者では討伐不可能と判断される。

以降は、大蛇の影響で森の外へ出ようとする魔物を積極的に駆除《くじょ》する方針に切り替えた。

依頼書を見て分かった情報は、こんなところか。

そして、魔物も人間と同じく月日を経て成長する。

十年前の時点でBランク相当だった怪物は、今や街を単独で壊滅させられるサイズまで巨大化していた。

「も、森の主いいいいいいいいいいいいいいいいい」

丸坊主の大男がそう叫ぶ横で、俺は笑みを浮かべる。

「ははっ、わかっていたけど大きいな」

おそらくこれは災害指定級――天災と同列に扱われるほど強大な魔物だろう。

「なんでここに主がいるんだよ！　まだ森の内側には入ってないぞ！」

パーティーの一人が、慌てふためいたような声を上げた。

ちなみに森の主がここにいる理由は、もちろん俺だ。

地の精霊王ノームと契約している俺は、触れている地面から一定距離内の地形を把握《はあく》できる。

更に地面を通して、どこに何があるのか。どんな生き物がいるのかすらわかるのだ。

森の主の居場所がわかれば、それを誘導するのなんて簡単だ。

地形を操作して大蛇を驚かせ、こちら側に来るように促《うなが》せばいいのだから。

俺は人差し指を立てて、ほくそ笑む。

「サプライズその一」

三人とも腰を抜かすほど驚いてくれている。というより、絶望している。

そんなに盛大なリアクションを見せてくれると、俺としてもやりがいがある。

「終わりだ……もう逃げられねぇ……」

大蛇が目の前に現れたことで、丸坊主の大男は完全に戦意喪失《そうしつ》してしまったようだ。

まったく大の大人が情けない……と言うのは可哀想《かわいそう》か。

見上げるほどの大きさに、強靭な顎《あご》。

『蛇に睨まれたカエル』という言葉が地方にはあるそうだが、まさにその通りの光景だ。

人間なんてちっぽけな存在、ぱくりと呑《の》み込まれて終わるだろう。

「ああ……こんなところで俺の人生は終わるのか……」

絶望の声を上げるパーティーの一人に、俺は鞄を差し出す。

「あの、邪魔なんでこの荷物預けてもいいですか？」

「は？　荷物なんてどうでもいいだろ。お前だってここで死――お、おい、どこ行くんだ？」

荷物をどさりと彼らの横に置き、俺は前へと歩き出す。

マヌケな顔で俺を見ている三人に、俺は言い放つ。

「戦うんですよ」

「……は？　何と？」

丸坊主の大男が本当に意味が分からないといった表情を浮かべる。

俺は大蛇を指差して言う。

「目の前にいるじゃないですか」

今にも襲い掛かりそうな勢いで、大蛇は俺たち――否、俺を睨んでいた。

こいつは気付いている。ぐっすり寝ていた自分を叩き起こしたのが、俺だということに。

俺がただの人間ではないことに。

「野生の勘か？　それとも自然に近いから知覚できるのか？」

「何考えてんだ！　馬鹿なことはよせ！　武器も持たず何もできねーよ！」

叫ぶ丸坊主の大男の目の前に、俺は得物を見せつける。

「武器ならありますよ？　ほら」

「え？」

俺の右手には銀色の剣が握られている。

無駄な装飾はなく、シンプルな形状。そして刃は鈍色《にびいろ》に輝く。

「い、いつの間に剣なんて」

驚くのも当然だ。俺はずっと丸腰で、剣なんて持っていなかった。

この剣も今作ったんだ。

ノーム爺は地を支配する。無からあらゆる鉱物を生み出し、形を変えて剣にすることなんて造作《ぞうさ》もない。

加えてこの剣は爺の力で作ったものだから、精霊の力との親和性が高く、その力を最大限引き出せる。

俺にはもってこいの武器だ。

「じゃあ行ってくるので、そこで大人しくしておいてください」

「ば、馬鹿か！　そんな棒切れで戦えるわけ――」

尚も丸坊主の大男がそう言い募《つの》るが、いい加減面倒だ。

「いいから、黙って見てろ」

俺は地面を蹴り、誰もが見逃すほどの速度で大きく跳躍《ちょうやく》する。

そうして、一瞬で大蛇の頭上へと移動した。

まずは小手調べ。そのままくるりと回転し、大蛇の脳天《のうてん》に踵落《かかとお》としを繰り出す。

「なっ……」

サプライズその二。

弱いと馬鹿にしていたやつは、実は強かった。

大蛇の頭が、地面に叩きつけられる。

その物理的な衝撃と、驚きによる衝撃で、彼らの顔は面白おかしく歪んでいた。

「うんうん、いいリアクション」

無能なフリをしておいた甲斐があったな。

さて……。

「この程度で終わらないよな？　森の主」

土煙の中から、俺を睨む赤い瞳《ひとみ》が覗く。

サンズサーペントは高い再生能力を持っていると聞く。頭に一撃食らった程度では倒せないはずだ。だからさっきのは単なる小手調べ。わざと剣を使わなかったのも、彼らに俺が強いことを示すためである。

そして、ここから先が――

「本気の狩りだ」

大蛇の両目を斬り裂く。続けて胴体に飛び乗り、剣を突き立てながら駆け抜ける。

うねって暴れても振り落とされない。走りながら次々に斬撃のダメージを与えていく。

「ど、どうなってるんだ？　なんであいつが戦える？」

「魔力がほとんどないはずじゃなかったのか？」

人間はみんな、魔力によって肉体を強化して戦う。しかし俺には魔力がない。

俺の身体は空っぽだった。

サラマンダー先生は、俺の肉体についてこう語っている。

『お前の身体は特殊だ。本来、貴族として膨大《ぼうだい》な魔力を持って生まれるはずだったのだろうな。代わりにお前は常人離れした肉体を得た。魔力を持たなかった代わりに、我らを受け入れるだけの強靭な器として成長したのだ』と。

「そうだ。今のお前は魔力など使わずとも、並の魔法使いより強い！」

サラマンダー先生の褒め言葉を耳にして、テンションが上がる。

俺の肉体は成長した。加えて今は、王様たちの……精霊王の力が流れている。

空っぽだった器が、彼らの力で満たされた。

その結果、俺の身体能力は爆発的な進化を遂《と》げた。

精霊術なんて使う必要がない。この身体からあふれる力だけで俺は、街を壊滅させる魔物と互角以上に渡り合える。

「再生能力が高いって言っても限界があるよな！　だったらこうすればいい！」

より速く、より深く――

再生が間に合わないほどの速度で、俺は剣を振るい続ける。

再生能力は無限じゃない。殺せば死ぬ。ならば攻略法はシンプルだ。

「死ぬまで殺せばいい」


斬り続けること一時間。

休む間もなく全力で攻撃し続けていると、ようやく大蛇の動きが止まった。

「お？　やっと死んだか。思った以上にしぶとかったな。にしても、こんなに開放的だったっけ？」

周囲の木々はなぎ倒され、地面は大きく削れている。

最早ここは森とは呼べない。大きなクレーターと言った方が適当だろう。

大蛇が斬られながらも俺を振り落とそうと、必死で暴れていたせいだ。

「あの人たちは無事かな？」

大蛇の死体の上から、周囲を確認する。

途中から気にせず戦っていたし、もしかしたら巻き込まれて大変なことに……なったら、まぁ仕方がない。死を覚悟していたみたいだし。

そんな風に割り切ったところで、声が聞こえてくる。

「お、おい！　終わったのか？」

「あ、無事だったんですね。よかったー」

「ほ、本当に……倒した？　一人で森の主を？」

どうやら三人とも無事だったらしい。運がいい人たちだ。

「あのー、これ大きすぎて解体できないんですが、どうすればいいんですか？」

「ま、待っててくれ！　今すぐギルドに連絡してくる！」

「お、俺も行く！」

「俺もだ。ちょっと置いてくなよ！」

三人は慌てて森の外へ走り去っていった。

取り残された俺は、大蛇の上で座り込む。

「休憩するか」

彼らが戻ってくるまで、暇だ。

◇◇◇

討伐に貢献したパーティーの冒険者は一律でランクが上昇した。三人は一気にBランクになり、俺も大きく飛んで同じランクになった。

ランクってこんな簡単に上がるんだな。

これで、効率がいい依頼を受けられるようになる。

とてもいいことだ。頑張って剣を振りまくった甲斐があったな。

翌日、俺は冒険者ギルドに顔を出した。

すると一斉に視線がこっちに向く。

いきなりパーティーメンバーの三人が前に出てくる。

丸坊主の大男が、勢い良くお辞儀《じぎ》する。

「おはようございます！　エレンさん！」

次いで、他の二人も頭を下げてきた。

「「おはようございます！」」

「え、えぇ……」

何これ？

昨日まであれだけ偉そうだったやつらが、一斉《いっせい》に挨拶してくるだなんて。

「昨日はありがとうございました！　お陰で命が助かり、俺たちはBランクになれました！　全部エレンさんのお陰です」

「これまですみませんでした！　荷物は俺たちが持ちます！」

「雑用も任せてください！」

「お、おお……」

昨日の今日で態度がまるっと変わってしまったな。さすがの転身ぶりに言葉もない。

そこへ受付嬢がわざわざ受付カウンターから出てきて、挨拶してくる。

「おはようございます、エレンさん。森の主の討伐、お疲れ様でした。昨日はちゃんとご挨拶できず、申し訳ありません」

「いや別にいいですけど」

「ありがとうございます。では本日の予定はいかがいたしましょうか？　エレンさんに見合った依頼をこちらで準備いたします」

ギルド側の対応もこんなに変わるのか。

それから受付嬢に聞いた話によると、森の主が討伐されたというニュースは一瞬で広まったらしい。

討伐したのが、入ったばかりの新人がいるDランクパーティーだということと、大蛇が途轍《とてつ》もなく大きくなり、討伐ランクがかなり高かったということが話題性を上げたんだとか。

まぁ見下されているよりは気分がいいし、これはこれで悪くない。

とは思うが、俺は当初の予定通り、言う。

「あーすみません。今日は依頼じゃなくてお別れの挨拶をしにきただけなので」

「お、お別れ!? どういうことですか？ エレンさん！」

慌てて、元仲間たちが尋ねてくる。

俺は涼《すず》しい顔で説明する。

「元々長期滞在する気はなかったんですよ。冒険者の仕事についてわかったし、もういいかなと思って」

「であればお供します！」

「俺も！」

「俺も行きます！」

三人が手を上げる。おじさんなのに、目をキラキラ輝かせて。

「気持ちは嬉しいけど、遠慮しておきます」

「どうして？」

そう聞いてくる丸坊主の大男に対して、俺は間髪《かんはつ》容れずに言う。

「いやだって、普通に足手まといなんで」

「「「……」」」

冷たい空気が流れる。申し訳ないけど、言葉に気を遣うほどの仲でもないんでね。

はっきり言わせてもらった。

これがサプライズその三。

突然の決別。

「次の場所でも冒険者は続けようと思うんですが、旅をしながらやるのに都合のいい依頼ってあります？」

「はい。我々ギルドが直接提供している依頼であれば、世界中どこのギルドでも報告可能です」

受付嬢の言葉に、俺は頷く。

「じゃあそれをいくつか受注します」

「はい。また立ち寄られることがありましたら、ぜひお願いします！　スタッフ一同、心よりお待ちしております」

最後まで丁寧に接客され、適当に三つほど依頼を受けてから、俺はギルドを出発した。

それにしても、おじさんたちは最後までぼーっと固まっていたな。全く心が痛まないのは、まだ感情が不足しているからか？

「違うわよ。ただあれに興味がなかっただけね」

「なるほど、さすが姉さん」

ウンディーネ姉さんの言葉で納得した。

感情と興味は同じようで違う。俺はあの人たちに興味も関心もなかったから、お別れもすんなり終わった。

思えば俺は、他人に対する興味が希薄だ。

感情を手に入れてからも。

「俺が興味を抱く相手って……いるのかな」

「いるとも」

「先は長いのじゃ」

「旅の途中で見つければいいわ」

「楽しくいこうヨ！　きっと素敵な出会いがあるサ！」

王様たちに励まされ、俺は新たな地へと歩き出す。

スッキリした気分で。

第三章　迫害された者たち

ミリミリの街を出発した俺は、特に目的地を決めずに歩き出した。

屋敷を出る前に決めていたのは、ミリミリの街で冒険者登録をするところまで。それ以降をどうするかは考えていない。

とはいえアルベスタ王国の地図は頭に入っているので、とりあえず街がある方角へ適当に進んでいく。

「よいのか？　そんな適当で」

「心配しなくても大丈夫ですよ、爺」

ひとまずマスタローグ家の領地から遠い街まで離れよう。それからどうするか、ゆっくり考えればいい。

時間はたっぷりあるんだ。焦ることはない。俺はもう……。

「自由なんだ」

翼《つばさ》を広げて大空を飛ぶ鳥のように。道に囚《とら》われることなく優雅《ゆうが》に海を泳ぐ魚のように。俺を縛る鎖《くさり》は断ち切ってきた。邪魔するものは何もない。

足取りも軽やかに、俺は北へ向かって進んでいく。

地図で、この先に大きな街が一つあるのは確認しておいた。

ミリミリの街の三倍以上の規模で、この国で四番目に大きな街、サラエ。噂じゃ商業が盛んで、観光地としても賑わっているらしい。

割と距離はあるが……うん、そっちに足を向けてみるか。

「楽しみだなぁ」

王都も賑やかで楽しそうな雰囲気だったが、如何《いかん》せん人が多すぎて息苦しかった。

程よく賑わって、過ごしやすい場所であることを期待する。

冒険者ギルドもあることは、ミリミリの街で確認済み。マスタローグ家の領土からも離れている。

もしも居心地がよければ定住するのもありだ。


それから歩くこと一日と半分。

正確には面倒になって空を飛んで移動した時間も含むから、ちゃんと歩けば四日くらいかかった。

森を越え、山を越えて辿り着いたのは、深い堀《ほり》で囲まれた大都市。

純白の建物が並ぶ幻想《げんそう》の街。

「ここが——サラエの街か」

サラエは別名、『水の都《みやこ》』と呼ばれている。

かつてこの地には水の女神《めがみ》が降り立ったという伝説があるらしい。故に街の中は、噴水《ふんすい》や川のような水路などの水回りが綺麗に舗装《ほそう》されている。

街を囲んでいる堀も、中には水が流れていた。

真っ白で眩《まぶ》しい建物の間を通り抜けて、石畳《いしだたみ》の道を歩いていく。

周囲からは、賑やかな声が絶え間なく聞こえる。

「いらっしゃい！　旅のお供にぴったりな商品が揃っているよ！」

「思い出を作るならここだ！」

「さぁ見てっておくれ！　新規入荷のレアアイテムが揃ってるよぉ！」

俺は呟く。

「本当に賑わっているなぁ」

街のあちこちに露店《ろてん》が出ている。

俺が歩いているのは商店街の手前なのに、こんなに栄えているなんて、すごい。

人の数は王都よりも少ないけど、賑わいだけなら勝っている。

さすがは観光地として有名な街だと感心しながら歩きつつ、本日の宿を探す。

可能な限り綺麗な宿を探そう。

ミリミリの街で稼いだ依頼報酬もたっぷり残っているし、多少の贅沢《ぜいたく》は許されるだろう。

「お、ここがよさそうだな」

適当に歩いていると、良さげな宿屋の看板《かんばん》を見つけた。

壁の色は他と同じく純白で、綺麗だ。

中に入るとベルが鳴り、店員がやってくる。

「いらっしゃいませ。ご宿泊ですか？」

「はい」

「お一人様ですね。何泊のご予定ですか？」

「まだ決めてないんですが――」

淡々と店員とやり取りする。

すごく受け答えが丁寧だし、愛想がいい。

これは当たりの宿を見つけたんじゃないか？

「では、グレードはいかがいたしましょう？」

店員の言葉に、首を傾げる。

「グレード？」

「はい。お部屋のよさによって三段階に分かれております。高いほどお値段も高くなってしまいますが、相応のサービスをさせていただきます」

「へぇ、じゃあとりあえず……」

俺は鞄からお金の入った袋《ふくろ》を取り出す。大蛇サンズサーペントの討伐報酬のうち、四分の一だけもらった。

それでもなんとその額、九百ユロ。

Bランクどころか A ランク以上の怪物に成長していた森の主を討伐したことで、本来の報酬金額よりも高くなったんだよな。

九百ユロあれば、マスタローグ家の別宅がもう一つ建てられる。元貴族の俺から見ても高額だ。

袋一杯のユロ金貨を見た店員は大きく目を見開いて驚く。

「これだけあるんですけど、一番上のグレードっていけますか？」

「はい！　もちろんでございます！　最高のサービスをご提供することをお約束いたしましょう！」

店員はさっきよりも声を張って、はっきりとした口調でそう言った。

笑顔も一段と輝いている。

現金な話だが、上客だと気付いて態度もグレードアップしたらしい。

「じゃあお願いします。一旦一週間で」

「かしこまりました！　ではこちらで、お手続きをいたします」

それから書類に必要事項を記入し、一週間分の料金を先払いする。

最高グレードの部屋は一泊三十ユロ。一週間で二百十ユロだった。

貴族として生活していた期間が長い分、一般的な金銭感覚とはズレてしまっている俺でも、中々のお値段で、少し驚いた。

しかし、案内された部屋が広くて綺麗だったので、納得させられる。

窓から街の景色が一望《いちぼう》できる上、シャワールームと簡単な台所もある。おまけにベッドは一人で使うには大きすぎるほど。それにフカフカ具合も完璧《かんぺき》だ。俺はすぐにベッドへダイブする。

「はぁ……悪くないなぁ」

これで三食もセットだ。わざわざ食べ物を買いにいく必要すらない。

街の案内も頼めば店員がしてくれるという話だし、ここでの生活には困らないだろう。

屋敷の使用人は必要最低限の仕事しかせず、話をする時も目すら合わせてくれなかったから、それを考えると天と地の差だ。

快適な一週間を過ごせそうだ。それもこれも……。

「お金のお陰だな」

貴族がなぜ偉いのか、大きな顔ができているのか、ようやくわかった気がする。

これからも快適な生活のため、頑張ってお金を稼がないといけないいな。

「明日はギルドに顔を出すか」

ぼそりと呟き、俺はそのまま眠りについた。

◇◇◇

翌日。

俺は朝ご飯を宿で済ませ、早朝から街を歩く。

「はーお腹いっぱいだ」

「実に美味だったな。うむ、悪くない」

サラマンダー先生が頷いている。宿の朝食には先生も満足してくれたらしい。

俺と契約を結んでいる王様たちは、感覚の一部を俺と共有している。

食事の味も、そのまま王様たちに伝わるのだ。

「ここはいい街ね。気分がいいわ」

「ウンディーネ姉さんは特にそうでしょうね。なんたってここは水の都ですから」

水の精霊王である姉さんにとって、ここは他の街より快適だろう。

世界の元素を支配する精霊王にも心地よく過ごせる場所があり、反対に居心地が悪い環境もある。

自然から生まれた彼らにとって、人工物が集まる街の中はあまりいい場所とは呼べない。ただこの街のように、自然を取り入れているところは、精霊王様たちにとっても比較的過ごしやすいんだろうな。

加えて街の周りには森も山もあるし、日差しを遮るものが少ない。

食事も美味《おい》しいし、接客も完璧だしで、俺も満足だ。

いっぱいになったお腹をポンと叩きながら、俺は街の中心にあるという冒険者ギルドを目指す。

大まかな場所しか聞いていないが、宿屋の人曰く、見れば一発でわかるらしい。

なんとなく予想はついていた。

「なるほど……ここもか」

純白の街の外観をぶち壊すように、茶色い木造建築がドカンと建っていた。

ギルドの建物は木造で茶色にすると決まっているのか？

ここまであからさまだと、風景をぶち壊していると誰かに文句を言われそうだが……俺が心配することでもなさそうだ。

むしろよそ者にもわかりやすい外観で、ありがとう。

俺は冒険者ギルドの戸を潜る。

中の作りはミリミリの街で見た建物とほぼ同じ。違うのは規模が一回り大きくて、受付の数や飲食スペースの席数が多いことくらいか。

朝早いというのに、既に大勢の屈強な男たちがいる。さすがミリミリより大きな街だけあって、強そうな見た目のやつらがいるな。

ミリミリの街で聞いた話だと、依頼のランクの平均も高いらしい。

冒険者もCランクとBランクが多く、中にはAランクの強者もいるとか、いないとか。

一先ず掲示板を覗こうと歩く。

トンと、肩を誰かにぶつけてしまった。

「あ、すみません」

「いえ、大丈夫です」

高い声。体格が小柄であることからしても、女の子だろうか？

ローブとフードで全身を隠しているせいでどのような容姿かはわからない。

それにしても、他人の気配には敏感だと思っていたが、人とぶつかってしまうだなんて……。

彼女は会釈《えしゃく》をして出入り口のほうへ去っていく。

俺は掲示板側へ。

一歩前へ歩き出した瞬間、ふわっと風が吹いたような気がした。

「――！」

振り返ると、彼女はもういなかった。

カランとベルが鳴り、扉が閉まっていくのが見える。

「今の感じは……」

そうか。冒険者の中にもいるんだな。

「追わないの？」

シルが小さな声で呟く。

俺は首を横に振り、掲示板のほうへ再び歩き出す。

気にはなったけど他人だ。おそらく関わることはないだろう。

シルは少しだけ残念そうだったけど、他人とは慎重に関わらなければならない。

ここから先、自分だけの力で生きていくなら尚更だ。

彼女は姿を隠していて見るからに怪しかったし、ああいうのとは関わらないのが吉だと俺の勘が告げている。

「さてさて、依頼は……おお、高いな」

報酬もランクも、ミリミリの街より平均して高い。

なんならFランクやEランクの依頼は、ほぼなかった。

張り出されている依頼のほとんどがC以上。俺がソロで受けられる最高ランクの依頼はBだが、そのほとんどを受けられないからちょうどいい。

冒険者ギルドの依頼は基本的に同ランク以下の依頼しか受けることができない。

ただ依頼の中には、何人以上という人数制限を設けているなど、ソロで受注する条件が厳しい物がある。そして高ランクの依頼ほど、その割合は多くなる。

『基本的に依頼はパーティーを組んで熟す物』というのが、冒険者の共通認識だからだ。

そういった事情で、駆け足でBランクになった俺も、サラエのギルドで張り出されているほとんどのBランクの依頼は受注できなかった。

どれも『二人以上のみ受注可』とか、『パーティー推奨』と書かれてるからな。

また、明文化されていなくとも、受付時にギルド職員からやんわり断られることがあるので余計に面倒だ。

そんなわけでBランクの依頼を受けたければ、あの時のように自分と同等以上のランクの冒険者とパーティーを組む必要がある。

正直言って面倒だから、ここからはソロで地道にランクを上げていこう。俺は適当に依頼書を一枚剥がし、受付に持っていって受理してもらった。

◇◇◇

受けた依頼はCランクの魔物六体の討伐。

サラエの街の南方にある湖に、グランドフィッシャーという魔物が生息している。

巨大な魚に足が四本生えたような見た目で、普通に気持ち悪い。

水中、陸上、ともに活動できるタイプで、野生動物を殺し、水を汚染してしまう。

美しい水の街であるサラエにとっては天敵とも呼べる魔物である。

加えて凶暴で、むき出しの牙は岩をも砕く。

ただ、俺の敵ではない。

「はぁ、生臭いな」

あっさり湖の畔《ほとり》にいたグランドフィッシャー六体を討伐。

いかに凶暴な魔物でも、今の俺には敵《かな》わない。

大きい魔物は処理が面倒だから、ギルドから渡された魔導具のランプに明かりをともし、倒した魔物の近くに置いておく。

そうすると、あとでギルドの職員が解体班を派遣してくれるらしい。ミリミリの街にはなかった便利なシステムだ。

お陰で余計な手間が省けるのはいいんだけど……。

「他にも依頼を受けておけばよかったな」

あっさり終わりすぎて暇だ。まだ昼前だし、適当に近くをウロウロしてみるか。俺は湖の畔に沿って歩く。

とても大きな湖だ。目を細めても、反対の岸が見えない。

「ん？　なんだ？」

湖の向こうに、誰かいる？

しかもグランドフィッシャーに追われている？

「……仕方ないな」

見てしまったが最後。放置して見殺しにしたら、寝覚めが悪い。

パパっと倒してしまおう。

俺は駆け出した。

近付くにつれ、追われている人物がハッキリ見える。

背丈からして十歳前後の子供、肌は白く綺麗だし女の子だろうか——と、のんきに子供の容姿を眺めていられる状況じゃなかった。

グランドフィッシャーが大口を開け、今にも子供を食らおうとする。

子供は恐怖で腰を抜かし、転んでしまった。

「だ、誰か……ルリアお姉ちゃん、助けて！」

知らぬ名前を、子供は叫ぶ。

全くの別人だが、俺は子供の前に立ちはだかった。

「弱い者いじめはいけないぞ」

俺はグランドフィッシャーに右手を突き出し、中指を親指で弾く。指を弾いたことで生まれた衝撃波によって、グランドフィッシャーが宙を舞う。

そしてそのまま、湖の中にぽちゃんと落下した。

「結構行ったなー」

「……」

唖然とする子供。いきなり知らない男が飛び出してきたから混乱しているのだろう。

ここは大人として、子供には優しく接するか。

俺は振り返って言う。

「運がよかったな。子供が一人でこんな場所にいちゃ……」

改めて、近くで見ると気付く。

その子は人間にはない特徴を持っていた。

鋭くとんがった両耳だ。中性的な容姿と、透き通るように白い肌も特徴的……。

とある本で読んだ種族の特徴と一致する。

「まさか、エルフか？」

「──っ！」

俺がエルフという名を口にした途端《とたん》、子供はびくりと身を震わせ、怯《おび》えたような顔をする。

今にも泣き出しそうに口をわなわなかせながら立ち上がり、ゆっくりとあとずさる。

「おい、なんで怖がるんだ？　魔物はもうやっつけたぞ？」

怯える子供を落ち着かせたくて、俺は右手を前に出す。

子供の頭を撫でようとしたのだが、子供は更に怯えた表情になる。

魔物に襲われていた時と同じか、それ以上の怯えっぷりだ。

「何が怖いんだ？　俺はお前を──」

「離れなさい！」

「──！」

突如、突風が吹く。明確な敵意と殺意が右側から迫るのを感知し、俺は咄嗟《とっさ》に退《ひ》いた。

スパッと音がして、地面が斬れる。

太陽の光に鈍色の刃が反射するのが見える。

今の声には聞き覚えがあった。つい最近聞いたばかりの声だから、すぐにピンとくる。

高い声に、全身を隠すフードとローブ。

「ギルドの時の……」

肩をぶつけた女性だ。彼女は右手に剣を握り、子供を守るように立っている。

勢いよく飛び出したことで、顔を隠していたフードは外れていた。

薄黄色の長い髪に、透き通る白い肌。紛《まぎ》れもなく女性だとわかる。

そして子供と同じく、とんがった耳をしていた。

「そうか。君もエルフだったのか」

俺の言葉に対して、エルフの少女は鋭い声で返してくる。

「人間……冒険者のフリをして人攫《ひとさら》いをしているのか」

「え？」

なんの話だ？

彼女はひどく怒った様子で俺を睨んでいる。

「こんな子供にまで手を出すなんて……許さない」

「おいちょっと待て、何か大きな勘違いをして――」

「この子は私が守る！」

「ちょっ！」

エルフの女の子は俺に向かって、本気で剣を振るってきた。

躊躇《ちゅうちょ》や遠慮は一切なし。首を狙った横薙《よこな》ぎの一撃である。

俺は咄嗟にのけぞって回避した。

「待て待て！　誤解だ！」

「逃がさないわ！」

俺が体勢を崩しているところへ、間髪容れずに剣が振り下ろされる。

しかも、剣を振るう速度が尋常じゃない。

適当に回避するのは危ないと判断した俺は、腰の剣を抜いて斬撃を受け止める。

エルフの少女は、驚愕の表情を浮かべる。

「――！　私の剣を……」

「落ち着いてくれ！　俺は君が考えているようなことはしていない！」

「言い訳を！」

「――！　これは――」

彼女の身体を中心に、突風が吹き荒れた。

小さな竜巻を纏った彼女が剣を振るうたびに、風が吹き荒れる。

ただの魔法ではない。

やはり、彼女も俺と同じだ。

「精霊術か」

彼女は風の精霊と契約しているらしい。魔法で生み出した風ではなく、周囲の気流を操作して突風を作り出している。

風圧に押し戻され、俺は大きく後退する。

その隙《すき》に彼女は腰を落として低く剣を構え、その切《き》っ先《さき》を俺に向けた。

「ストームブラスト！」

剣の先端から荒ぶる竜巻が発生し、俺目掛けて放たれる。

精霊の力を借りることで自然を味方につけ、発動させた魔法の威力を何倍にも増幅させているのだ。

これこそが精霊術の真骨頂《しんこっちょう》。

魔法は精霊術によって威力を増す。

肉を断ち斬る程度のストームブラスは、地面をえぐるほどの威力になった。

ただし、そのすさまじい一撃も精霊王にとっては――

「そよ風ダネ」

シルの声が響く。俺は軽く息を吹きかけ、エルフの魔法を相殺してみせた。

これには彼女も、両目を見開いて驚く。

「っ――！」

「その程度の風じゃ、俺には届かないよ」

風の精霊王シルフと契約している俺にとっては、風の精霊によって強化された魔法ですら弱い。

今の一撃で、力の差は明確に理解したはずだ。しかし彼女の瞳は諦めていなかった。

「……まだよ！　私は負けない！　絶対にこの子を！」

「はぁ……これは……」

いくら説得しても無駄みたいだ。一旦諦めよう。

説得するにも、まずは落ち着いてもらわなきゃ話にならない。

少々手荒だが仕方がない。俺は自分の脚に全力で力を込めて、彼女の視界から一瞬で外れる。

そのまま認識されるより前に背後を取り、彼女を組み伏せる。

「ぐっ！」

「本当は女の子にこんなことしたくないんだけどね」

勝負は一瞬で決まった。

馬乗りになるような体勢で、彼女の両手首を掴む。

それと同時に剣も蹴り飛ばした。

いかに精霊使いでも、俺の腕力には抗えまい。

「は、離せこの！」

「嫌だよ。離したらまた殺そうとしてくるだろ？　暴れられると面倒なんだ」

「そっちがあの子を攫おうとするからよ！」

「だから、そこが勘違いなんだよ！」

俺は少しだけ声を張る。興奮している彼女を落ち着かせるには、強引だが気迫で圧倒するしかない。

現に俺の大きな声にビクッと反応して、彼女は少しだけ落ち着いたように見える。

「俺はあの子を攫おうとしたんじゃなくて、グランドフィッシャーに襲われていたから助けたんだよ」

「助け……た？」

彼女はありえないものでも見るような目で、俺をじっと見つめる。

これは信じていないな。

俺は、さっきから不安そうに端っこで俺たちを見ている子供に視線を向ける。

「そこの君！　襲われていたのを助けたのは本当だよね？」

俺と視線を合わせると、子供は少しだけ怯えるような顔をした。

けれど、しっかり首を縦に振ってくれた。

「な？」

俺はそうエルフの少女に言うが、まだ納得してくれていないみたい。

「そんな……なんで人間がエルフを、亜人を助けるのよ」

「そりゃあ襲われてたから、危ないなと思って」

エルフかどうかは助けたあとに気付いたけど、先に知っていたとしても結果は同じだったと思う。

まぁでも、彼女が俺の行動に驚くのも無理はない。

亜人種。

エルフ、ドワーフ、獣人……彼らのように人間ではなく、動物や魔物でもない種族の総称。

屋敷で彼らについて学ぶ機会があった。

そこでは、次のように教えられた。

世界には人間以外の種族も暮らしている。

亜人種と呼ばれる者たちは、数千年前に栄えた種族の生き残り。

進化に失敗した出来損ないの人類、劣等種。

それが人類が支配する世界の常識なのだ。

と、まぁこういう感じだ。

そう、彼らは迫害されている。人間より劣る下等な種族として、時に家畜同然の扱いを受けている。貴族の中には亜人を奴隷《どれい》として買い取り、娯楽《ごらく》の道具にしている者すらいるらしい。

エルフの少女は、再度聞いてくる。

「ただ……危なかったから助けただけ？　本当に……？」

「そうだよ。それ以外に何がある？」

「……」

「せっかく助けたのに殺されそうになるとか、さすがにひどいだろ？　もうちょっと他人の話は聞くべきだぞ。いくら相手が人間でもな」

「……本当に、助けただけなのね」

「そう言ってるだろ？　というか、この状況が答えだ」

「……」

実力の差は歴然で、その気になれば簡単に彼女を屈服させられる。そうせずに話をしている時点で、敵意はないと気付いてくれ。

少しずつだが、彼女の敵意が薄れていくのを感じる。

「すまなかった。私の早とちりだったらしい」

「はぁ、わかってくれてよかったよ」

誤解が解けて、スッキリした気分だ。

「……なら、そろそろ私の上から退いてくれないか？」

「ん？　ああ、そうだな」

もう暴れないだろうし平気だろう。俺は彼女の手を離し、離れようとした。

そこへ駆け寄ってくる足音が二つ。

「ルリアちゃん！」

「遅《おそ》くなりました！」

森の中から二人の女の子が姿を現す。片方は人間っぽいが、もう片方の子は明らかに違う。かといってエルフでもない。

猫っぽい茶色い耳としっぽ……あの特徴はあきらかに獣人のものだ。

この子の仲間だろうか？

エルフの少女は親《した》しみの籠《こも》った声を上げる。

「リズ、ラフラン！」

「ああ！　ルリアちゃんが男に襲われてる！」

「違うわリズ！　この人は――」

制止しようとするエルフの声も聞かず、獣人の女の子は俺目掛けて飛び掛かる。獣人特有の恐るべき身体能力で一瞬にして間合いを詰められ、眼前で回し蹴りを繰り出す。

「ルリアちゃんから離れろおおおお!」

体勢的に防御は厳しい。大きく回避もできない。この状態で最善の回避方法は、よりエルフの女の子に近付くこと。

俺はエルフの女の子側に身体を倒して回避しようと——

「やめなさい!」

同時に、エルフの女の子も攻撃を止めさせようと体を反転させ、仰向けになって、こちら側に動く。

お互いに近付くように動いてしまったことで、身体同士が接触する。

まさしく衝突事故だった。先に断言しておくが、故意ではない。

唇《くちびる》同士が、触れてしまった。

「「——!!」」

「あ」

「わぁ」

それを見た二人の女の子が顔を赤らめる。俺とエルフの女の子は、お互いの心音が聞こえるほど密着していた。

直後、エルフの女の子が俺を突き飛ばす。

改めて彼女を見る。エルフの女の子は白い肌を真っ赤に染めて、触れ合った唇を腕で隠している。

かくいう俺も、生まれて初めての感情に戸惑っていた。

俺は自分の唇に触れる。

唇って、こんなに柔《やわ》らかくて温かいんだな。

◇◇◇

西の空に、夕日が沈《しず》んでいく。

本来ならとっくに街へ帰還している時間だが、俺はまだ湖の近くにいた。

彼女たちに案内されたのは、森の中にあった木が少ないスペース。

そこにテントを張って野宿しているらしい。各地を転々としつつ暮らしているとのことで、ここへやって来たのも最近なんだとか。

しかも四人だけではなく、周囲には二十人近くいる。

そのほとんどが、見た目で亜人だとわかる。

特に小さい子供と、老人が多い。

燃える焚火《たきび》を囲み、二人分ほど離れた距離にエルフの少女は座っている。

気まずいが、こういう時は男から切り出さねばだよな。

「あー、えっと……とりあえずごめん。わざとではない」

「わ、わかってるわよ」

そう言いつつも赤面しているあたり、まだ意識しているようだ。

俺も同じだから何も言えない。焚火の温かさとは関係なく、両の頬が熱を帯《お》びている。

「坊も男子じゃのう」

ノーム爺が揶揄ってくる。

この状況じゃ反応もできない。

「あれが接吻《せっぷん》か……」

「サラマンダー、なんであなたが照れているのよ」

「ファーストキスってやつだネ！　ボクたちも体験するのは初めて！」

感覚は精霊王様たちにも共有されている。

つまり俺が感じた彼女の唇の感触を、王様たちも感じ取っているのだ。

勝手に盛り上がっているところ悪いけど、今は少し静かにしてほしいな。

「ご、ごめんなさい！」

声を上げたのは獣人の女の子。確かリズと呼ばれていたか。

彼女は俺に向かって謝罪する。

「ボクたちの家族を助けてくれたのに……知らずに攻撃しちゃいました……」

「それはもういいよ。怪我はなかったし。あの子にもね」

俺が助けた子供は、カイという名前らしい。ちなみに、男の子だった。

グランドフィッシャーに襲われていたけど、転んで膝《ひざ》を擦《す》りむいた程度で済んでいる。本当に運がいい。俺が間に合っていなければ、今頃はグランドフィッシャーのお腹の中だ。

「無事だったならよし。特に言うことはないよ」

「で、でも……ボ、ボクのせいでキ、キスさせちゃったから」

「「――――!」」

リズの言葉に、俺とエルフの少女は同時に反応する。

ついさっきの出来事は、今もはっきりと脳裏に焼き付いている。

俺にとっては初めての体験だったから、余計に。

「あれも不可抗力だ。他意はない」

「そうよ。衝突事故みたいなものだし、気にしていないわ」

彼女はさっきから俺と視線を合わせない。

これは嫌われたかな……別にいいけど。

さて、正直この話題はもう続けたくない。

俺は話を変えることにした。

「君たちはここに住んでいるのか？」

「今はそうよ。街には入れないから」

エルフの少女の言葉に対して、『どうして』と聞くほど野暮《やぼ》じゃない。

彼らの居場所は人類国家にはない。街で彼女が姿を隠していたように、堂々と日の当たる場所を歩けない。迫害されし者たち……それが亜人だ。

「魔物も多いし危険だぞ？　特にここは森の中だ」

しかし、エルフの少女は緩やかに首を横に振る。

「いいのよ、慣れているわ」

「……そうか。じゃあ俺は戻るよ」

「ま、待って！」

立ち去ろうとした俺を、エルフの女の子が呼び止める。

視線を合わせると、まだ恥ずかしそうだ。

それでも彼女は振り絞るように、声を発する。

「まだ……名前を聞いてないわ」

「ん？　そういえば名乗ってなかったな。俺はアスクだよ」

「私はルリア。さっきはカイを助けてくれてありがとう」

「どういたしまして」

あとになって気付く。普通に隠すべき本名を口にしてしまったことに。

咄嗟に偽名のほうが出てこなかった。

もっとも彼女たちは亜人種だ。本当の名前を知られたところで、たぶん何も起こらないだろうけど。

「じゃあ、今度こそさよならだ」

俺はそう言ってこの場を後にしようとするが——

「まだよ」

「なんだよ」

「お礼を……したいわ」

エルフの少女——ルリアは、恥ずかしそうに小声で呟いた。

そして、続ける。

「あなたがいなかったらカイを守れなかった。そのお礼がしたいの」

「別にいらない。助けたのは偶然だし、見返りがほしくてやったわけじゃないから」

「……本当に、あなたは人間なの？」

ルリアは首を傾げる。俺は少しわざとらしく両腕を広げて言う。

「どう見ても人間だろ？」

精霊王と契約していたり、生身で大岩を持ち上げたりできるけどね。

それでも分類上は人間だ。彼女たちのように亜人の血を引いているわけではない……たぶん。

「人間ならもっと狡猾《こうかつ》に、恩着せがましく見返りを要求するでしょ？」

「どんな偏見だ。あーいや、偏見でもないか。実際、人間は狡くて自分本位なやつが多いしな」

俺もそういう社会の中で、十年以上苦しめられてきた。

王様たちとの出会いがなければ、今頃もっと苦しんでいたに違いない。

他人の勝手な評価に左右され、無能と蔑《さげす》まれ……だから俺には、彼女たちの気持ちがわかってしまう。生まれが違う、種族が違う。

そしてその上で思う。ただそれだけの理由で迫害されるなんて不公平だろう、と。

「俺は人間だけど、君たちが知っている人間とは気が合わない。そういう意味じゃ、人間より君たちに近いかな」

俺の言葉に、ルリアはくすっと笑う。

「……変な人ね。普通思わないわよ。私たちに近いなんて不名誉なこと」

「不名誉とか、考えたことなかったな。別に種族なんて関係ないだろ？　同じ世界で生きてるんだ。違いなんて些細なことだよ」

俺はそう思う。いや、そう思いたいのかもしれない。普通とかけ離れていた自分だって他人とそう変わらないって。

「そういうわけだから、俺は別にお礼とかいらないんだ」

「それは困るわ。受けた恩は必ず返す。それがエルフなのよ」

「面倒くさいな」

「いいから何かない？　私にできるこ、ことなら……なんでもは無理だけど」

徐々に小さくなっていく声量。彼女は恥ずかしそうに視線を逸らす。

とはいえ、急に言われても何も思い浮かばない。

特に困っていることはないし、お金も依頼を受ければすぐに……。

「あ、そういえば、ギルドにいたってことは冒険者なのか？」

「ええ。私と、この二人もよ」

「そうっす！」

「はい」

俺は続けて尋ねる。

「ランクは？」

「私がBで、リズとラフランがCよ」

「そうか。なるほど」

依頼を受ける規定を頭に思い浮かべる。お金の大切さは旅に出て学んだ。

これからのためにもお金は集める必要がある。より効率的に集めるなら……。

「よし！　じゃあ俺を、君たちのパーティーに入れてくれ」

人数制限があるBランク以上の依頼を受けることがベスト。

俺は感覚的に思った。この子たちとなら波長が合うかもしれない、と。境遇は違っても、同じように迫害された者同士なら。

のちに俺は、この出会いを運命だと思うようになるのだが、それはまだ少し先のお話。

第四章　新しい繋がり

ギルドの依頼において、もちろん高ランクの依頼ほど報酬が破格だ。

俺は大抵の依頼が熟せてしまうので、効率を考えれば単価が高い依頼を受けたほうがいい。

そこで協力者が必要だった。というのが、パーティーへの加入を申し出た理由である。

「今日からよろしく頼むよ」

俺の言葉に、ルリア、リズ、ラフランが答える。

「ええ、こちらこそ」

「よろしくっす！」

「よろしくお願いします」

今は彼女たちと出会った翌日の朝。

ギルドの建物内で待ち合わせをして、先程正式にパーティーを組むことになった。

彼女たちは元々、ルリアをリーダーにして三人パーティーを組んでいたらしい。

俺はそこに新メンバーとして加わる。

「ルリアと俺がBランク。これでBランクのパーティー推奨依頼が受けられるな」

「そうね」

パーティーメンバーのランクが異なる場合、パーティーランクは一番人数が多いランクに合わせることになる。

彼女たちのパーティーの場合、リズとラフランがCランクだったため、パーティーランクはCとして扱われていた。

俺が臨時で加入したことで、CランクとBランクのメンバーの数が同数になった。このような場合は高いランクで扱われるようになるため、これでBランクの依頼を受けられるようになったというわけだ。

彼女たちもお金が必要みたいだし、ウィンウィンである。

「本当にお礼がこんなことでよかったの?」

「ああ、一番欲しかったものだよ。一人じゃ受けられない依頼がたくさんあったからな」

「……そう。本当に無欲なのね」

ルリアはぼそりと何かを言ったようだが、上手く聞き取れなかった。

でも、なぜか彼女が不満げな顔をしているのは確かだ。

それはそれとして……。

「逆に目立つな」

俺以外の三人は、ローブやフードで顔と身体を隠している。周りに亜人だとバレないように。

俺は人間だから普通の格好をしているわけだが……傍から見れば、不審者の集団にしか見えないだろう。

「昨日は聞けなかったんだが、ラフランだっけ？　君も亜人《そう》なのか？」

「はい。私はセイレーンです」

水の妖精セイレーン。水源を中心に生活していて、精霊に近い種族だと言われている。

見た目は美しく、貴族の間ではコレクターがいるほど。

特徴は青い瞳と水色の髪。そして女性しか存在しないこと。

ちなみに異種族の男性との間に生まれた子供は、必ずセイレーンなんだとか。

ともあれ、エルフの尖った耳のように、身体的な大きな特徴があるわけではないから、髪や眼の色さえ除けば、ただの人間にしか見えない。

「水の街にぴったりな種族だな」

ラフランは、そんな俺の言葉に頷く。

「はい。ここは居心地がいいです。ちょっと人が多くて、息苦しいですけど」

「王都に比べたら全然マシだぞ」

「そうなんですね。王都へは行ったことがないので」

あそこは人類国家を象徴するような都市だからな。ここ以上に亜人を虐げる思想が根付いているので、見つかればひどい目にあわされることだろう。

「アスクお兄さんは王都から来たんすか？」

リズがひょこっと俺とラフランの間に顔を出し、質問を投げかけてきた。

彼女が一番ローブとフードが必要な見た目をしている。

……もっとも、それでも若干の違和感があるが、仕方ない。

彼女は、猫系の獣人。シルエットは人型なのだが、猫の尻尾と耳が付いているのだ。

尻尾はローブにちゃんと隠れているが、耳のほうは俺からの答えを期待するようにぴくぴく動いていて、周りに気付かれないか少し心配である。

「王都じゃないけど、あっち側の地方だよ」

「へぇ～ボクたちがまだ行ったことない場所っすね！　ずっと旅してるんです？」

「いいや、最近になってからだよ。いろいろあって家を出たんだ。冒険者になったのもついこの間だよ」

「うへ！　それでもうBランクっすか！　すごいっすね。ボクなんて一年以上やっててまだCっすよ」

彼女の両耳が見るからにしょぼんと垂れ下がる。

感情が耳や尻尾部分に出やすいと文献に書いてあったけど、実際その通りらしい。

彼女がわかりやすい性格をしているというのも多分にありそうだが……。

まぁどちらにしても、わかりやすいのはいいことだ。

そう考えていると、ルリアが言う。

「そろそろ依頼を選びましょう」

「ん、そうだな」

俺とルリアが先頭に立ち、掲示板を並んで眺める。

依頼は基本的に早い者勝ちだ。

ギルドからの依頼の中には常に募集しているものもあって、そういうのは複数の冒険者が受注できることもあるが。

とはいえ、ギルドの依頼は安定して稼げるものの、報酬が高い依頼がない。

ただ、外からの依頼は当たり外れが大きい。

場合によっては貧乏くじを引きかねない。

「一番報酬が高いのはどれだ？」

「Bランクだと……これかしら？」

ルリアの指した先にある依頼書には、『ドレインドッグの牙の採取』とある。

「聞いたことない魔物の名前だな。強いのか？」

俺が聞くと、ルリアは首を横に振る。

「私も聞いたことない。このあたりでしか出ない魔物かもしれないわね。Bランクだし、強さはそれなりだと思うけど」

「討伐個体数は……一体でいいのか。効率よさそうだし、これにしよう」

「あ、ちょっと」

焦ったような声を上げたルリアを後目《しりめ》に、俺は依頼書を手に取った。

すると周りから、ニヤニヤした視線が注がれる。

「あいつら、あれ選んだぞ」

「見ない顔だし他所者《よそもの》か？　金に釣られたな」

周囲の声を聞き、ルリアは俺の腕を掴む。

「……ねぇ」

「気にするな」

ルリアが言いたいことはわかる。しかし俺は、彼女の言葉を聞く前に一蹴《いっしゅう》する。

「言わせておけばいいんだよ。結果を出せば黙るから」

そう。これまで俺がそうしてきたように、今回も実力で口を塞いでやる。

◇◇◇

依頼を熟すに当たって指定されたエリアは、サラエの街の南東にある、森と岩山の狭間《はざま》のような場所だった。

小高い岩山がいくつも並んでいるが、木々もまばらに生えている。

だが、今のところ魔物の気配は感じない。

「このあたりは、魔物が少ないのか？」

俺が聞くと、ルリア、リズ、ラフランがそれぞれ言う。

「そうみたいね」

「魔物だけじゃなくて、動物も全然いないっすよ」

「なんだか少し不気味ですね」

確かに、独特な雰囲気がある場所だ。

襲われる気配どころか、視線や気配も感じない。

だが――

「アスク坊よ」

ノーム爺に話しかけられ、俺は三人から少しだけ距離を取るように下がる。

彼女たちには精霊王様の声が聞こえない。

独りでしゃべっていると思われても困るし、小声で返す。

「なんです？」

「気付いておるか？　この地形、最初からこうだったわけではないぞ」

「やっぱりそうなんですね」

なんとなく、爺に言われる以前からそうかなとは思っていた。

不自然にえぐられた地面、木々の生え方の不自然さ。そして何より、地面の性質と群生する植物が一致しないのだ。

ノーム爺の力を使って先ほど調べた感じ、そもそもこの一帯の土地は、植物が育ちづらい土質だし。

「おそらく理由は、この先におるやつじゃろうな」

「……わかっていますよ」

この先に何かいる。

地質を調べると同時に、地を通した感知能力も使った。

それによって、この森の中をスキャンして感知できた反応は一つ。位置的に、この先進んでいくと行き当たる。

小さく弱々しいが……実力を隠しているだけの可能性は大いにある。

俺は呟く。

「見て確かめるしかなさそうだな」

これだけ広いエリアで気配が一つしかないのは、明らかに不自然だ。もしかするとそこに、ギルドで笑われた理由が隠されているのかも。

俺たちは先へ進む。


五分後、開けた場所に辿り着いた。

そこは不自然に地形が変形していて、大きな巣穴のようだ。

「見てあれ！　何かいるっすよ！」

「あれは……子犬？」

俺たちは目を凝《こ》らす。

巣穴のような場所の中心に、灰色の小さな犬がいた。可愛らしい見た目の犬が。

リズとラフランが揃って首を傾げる。

「なんでこんなところに？」

「迷子っすかね」

「そんなわけないでしょ。たぶんあれが目的の魔物なのよ」

ルリアが冷静にツッコミを入れた。

ここまで一度も生物と出会わなかったのに、この開けた場所に子犬が一匹ぽつりといる。

あいつがドレインドッグなのだろうが……明らかに不自然だ。

ルリアはしっかり警戒している。おそらく彼女も不吉な気配を感じ取っている。

すると、リズの耳がピクリと動く。

「なんすか？　音が……」

「音？　何も聞こえないぞ？」

首を傾げている俺に、ルリアが教えてくれる。

「リズは耳がいいのよ。私たちには聞こえない音も拾えるわ」

「へぇ」

獣人の特徴なのだろうか。

リズは両手を耳に添えてじっとしている。

俺たちは、邪魔しないように黙る。

「……下のほうから地面を掘っているような音がするっす」

「下？」

足元を見ても、何も変化はない。

ただし、俺は感じ取っていた。

鮮明に、地中に隠れている魔物の輪郭《りんかく》を。

先程俺は地面の浅いところまでしかスキャンをかけていなかったわけだが、その更に下に潜んでいたってことなのだろう。

「下から何か来るっすよ！」

リズが叫ぶ。

直後、地響きとともに複数の柱が伸びた——否、柱ではない。先端に口がついている。

「グランドワームっす⁉」

そう、リズの言う通り、地中に隠れていたのは巨大なグランドワーム。

触手のように地面から飛び出し、うねる口の数は十を超えている。

その大きさはバラバラで複数いるように見えるが、それはグランドワーム本体の一部でしかない。

グランドワームは本体を地中深くに隠し、手足である口つきの触手を動かして、地中から地表の獲物を捕食するのだ。

「こいつが高額報酬の理由か」

しかし妙だ。グランドワームは本来、砂漠のような地面が柔らかい場所を好む。

この地質はやつに適していない。

加えて一番の獲物であるはずのドレインドッグは無事だ。

むしろやつを守っているような――

「まさか！」

俺が叫ぶと同時に、可愛らしい子犬に見えたそれの頭に、三つの眼が出現する。

屋敷で学んだ知識の中に、思い当たるものがあった。

他の魔物に催眠《さいみん》をかけて操る、第三の眼を持つ魔物がいる。

そいつは小さく可愛らしい見た目で、時に人間すら騙《だま》して操る凶悪な魔物――

「こいつがそれか！　ドレインドッグがワームを催眠術で操っているんだ」

「――！　つまり依頼を達成するには、このワームも倒さないといけないわけね？」

やはりルリアは理解が早いな。

「そうなるな。他の冒険者がこの依頼を敬遠していたのは、面倒なことを知っていたからだな」

「でしょうね。グランドワームの討伐は確か、Aランクの依頼だったはず。でもあくまでドレインドッグを討伐する依頼として申請《しんせい》して、ランクを一つ下げるなんて、こすい依頼主ね」

ルリアは小さくため息をこぼす。

確かに不適切な依頼の仕方だと、俺も思う。

だが、こういったことは往々にしてあるんだろうな。

「どうするっすか？」

リズの言葉に、ラフランが言う。

「グランドワームが相手となると、さすがに厳しいと思います」

「……そうね。幸いこれ以上近付かなければ襲ってこないみたいだし、このまま戻るのも手ね。けど……」

ルリアは俺のほうへ視線を向ける。

彼女は冷静だった。あの時とは違い、周囲の状況も戦力も把握している。

そんな彼女がこちらに選択権を託《たく》してくる意味を理解し、俺は頷く。

「いいや、このまま戦おう。俺がいれば勝てるさ」

そう、今は俺がパーティーにいる。

彼女は俺を見つめながら、小さく頷く。

「勝算はあるのね？」

「もちろん。というより負ける可能性はない」

これは自信ではなく確信だ。グランドワームは強力な魔物だけど、今の俺ならなんの問題もなく倒せる。精霊王様たちと契約した身で、たかが巨大触手に劣ってたまるか。

「……わかったわ。戦うわよ」

ルリアの言葉に、リズとラフランは眉を顰《ひそ》める。

「本気っすか？」

「大丈夫なんですか？」

「目的はワームを倒すことじゃなくて、あくまで真ん中にいる小さいのを倒すことよ。一時的にワームを無力化できれば、ドッグは倒せるはずよ」

ルリアの目論見《もくろみ》は正しい。ドレインドッグは催眠能力に特化している分、本体に戦闘能力はない。屋敷で学んだ知識通りなら、ここはグランドワームにとって住みにくい場所だ。そのためドレインドッグさえ倒せばグランドワームは解放されて逃げ出すはずだから、片付ける必要はなくなる。

依頼内容はあくまでドレインドッグの牙なわけだし。

「じゃあ俺が大きいワームを全部引き付けるよ。残りとドッグは任せていいか？」

「一人でっすか？」

「それはさすがに……」

「わかった。任せるわ」

否定的な二人とは違い、ルリアは即答した。

二人は目を丸くして驚く。

「ルリアちゃん？」

「だ、大丈夫なんすか？　そんなあっさりお願いして」

「自信があるんでしょ？」

ルリアがそう聞いてきたので、俺はすぐさま頷く。

「ああ」

「だったらお願いするわ。でもまだあなたの戦闘を見たことがない。そんな中ですぐさま命を預けるのはさすがに怖いわ。だから、先にあなたがスタートして。大丈夫だと判断したら私たちも動く。それでもいいかしら？」

中々合理的な判断だ。出会ってから日の浅い俺をまるっと信じず、無茶をしない。

結果で判断するのは悪くない。

見た目は俺より年下っぽく見えるけど、中身は俺よりしっかりしているんじゃないか？

「それでいい。じゃあ先に行くよ」

俺はそう口にして腰の剣を抜き、無造作にドレインドッグのほうへと歩み寄る。

グランドワームはやつが操っている。ならばドッグに敵意を向ければ、ワームは自動的に俺を襲うだろう。俺を最大の脅威《きょうい》だと認識させるんだ。

全身から殺気を放つ。

「──来い」

グランドワームは触手をこちらへと一斉に伸ばしてくる。

強靭な顎が、襲い掛かってくる。

俺はそれを跳《と》び上がって回避し、そのまま地面に突き刺さった巨大ワームを両断していく。

巨大といっても、以前に倒した大蛇に比べれば小さい。

次々に襲い掛かってくるワームを難なく斬り捨てて、触手の数を減らしていく。

「す、すごいっすね……」

「あんな動き、人間にできるんですか？」

リズとラフランがそう感嘆の声を上げるのが聞こえる。

「……でも──」

ルリアは気付いているようだな。

最も厄介なのは大蛇以上の再生能力だということに。触手は、本体がやられない限り無限に復活する。つまり、いくら斬っても体力の無駄だ。

「そろそろ見学だけじゃなくて、参加してくれないか？」

俺が苦笑しつつそう言うと、ルリアは頷く。

「そうね。リズ、ラフラン！　私たちでドレインドッグを狙うわよ！」

「了解っす！」

「はい！」

先に動いたのはルリアとリズ。

ルリアは腰に差していた剣で、リズは無手《むて》で突撃する。

「私とリズで残った触手を片付けるわ！　ラフランはドッグを狙って！」

「わかりました！」

ルリアとリズに、中型から小型のグランドワームが迫る。

リズよりも一歩前に出たルリアが、剣を構えて魔法を発動させる。

「ウィンドカーテン」

彼女は周囲の気流を操作し、ワームの動きを阻害する。

風の精霊の力を借りて威力が倍増したそれは、触手の自由を奪う。

そこへすかさず、リズが攻撃を加える。

「おりゃー！　全部吹っ飛ばすっすよ！」

彼女の戦い方は、極めて原始的だ。

魔法ではなく、おそらく種族特有の高い身体能力を活かした肉弾戦。野性味あふれる自由な動きでワームを翻弄《ほんろう》し、驚異的な怪力で次々と触手をへし折っていく。

戦い方は荒いし無駄も多いけど、素の身体能力は俺と比べても遜色《そんしょく》ない。

「聖なる天の恵みよ。我がもとに来たれ」

彼女は精句《せいく》を唱える。

あれは魔法でも精霊術でもなく、セイレーンが持つ独自の異能。

彼女たちの肉体は、人間の十倍を超える水を含む。自らの肉体を水に変化させ、自身の魔法に利用する。

続いて、ラフランは精句を唱える。

「アイシクルランス！」

水を生み出すという工程を省き、凍結して放つという工程のみに絞ったアイシクルランス。氷の槍の生成速度と威力を向上させた一撃が、がら空きになったドレインドッグを貫く。

「やりました！」

「ナイスっす！　ラフランちゃん！」

喜びのあまり跳びはねるリズを、ルリアが窘《たしな》める。

「下がるわよ、リズ」

「了解っす！」

呼吸の合った連携に、各々が自身の得意を活かした戦闘方法。

人間に劣る下等種族？

とんでもない。俺には、彼女たちのほうがよっぽど優れた種族に見える。

俺は思わず呟く。

「悪くないな」

ドレインドッグが倒されたことでグランドワームの催眠が解除された。正気に戻ったワームは一瞬硬直し、すぐに逃走を図る。

「ワームも逃げてくれたっすね」

「これで一安心です」

「ええ。アスク？」

俺がまだ緊張を解いていないのに気付いたのだろう。首を傾げるルリアに、俺は言う。

「――それじゃ駄目だよ」

グランドワームは地面を掘ればどこでも移動できる。この周辺でもっともやつに適した地層は、サラエの街近郊だ。

ここで逃がせばワームは街のほうへ行ってしまう。そうなれば多数の被害が出る。

俺たちのせいで被害が拡大したら、逆に賠償金とかを要求されそうだ。

だから、ここで倒す。

「逃がさない」

どこに逃げようと、俺には関係ない。

俺は地面に両手をつく。ノーム爺の力を借りて、地中深くに隠れているグランドワームの本体を見つけ、地表に引きずり出してやる！

地響きとともに地面が割れ、巨大なグランドワームが顔を出した。

「悪いな。見て見ぬフリはできないんだ」

跳び上がった本体を、連続で斬り裂く。

本体には再生能力がないから、それだけでやつは絶命する。

「はえ～」

「……すごい」

「……アスク、あなた一体――何者なの？」

呆然とするリズ、ラフラン、ルリアを横目に、俺は剣を鞘に収める。

驚きでいっぱいな三人の顔を見ると、なんだか気分がいい。

これが優越感というものなのか。それとも見つめているのが、三人とも可愛い女の子だからか？

◇◇◇

依頼を完遂《かんすい》した俺たちは、ギルドへと帰還した。

今回は採取物を持ち帰るところまでが依頼に含まれている。

ドレインドッグから採取した牙を詰めた袋を、カウンターの上に載せる。

パーティーのリーダーであるルリアが、受付嬢に言う。

「依頼が終わりました。これが採取物です」

「ありがとうございます。確認いたします」

一瞬、受付嬢は驚いたような反応を見せた。

彼女も他の冒険者たち同様、今回の依頼は達成困難だと思っていたのかもしれない。

少しして確認が取れたらしく、受付嬢がニコリと微笑む。

「確かに、ドレインドッグの牙をお受け取りしました。依頼達成、おめでとうございます！」

それを聞いて、周りがざわつきだす。どうやらみんなも耳を澄《す》ませていたようだ。

「おいマジか？　あの依頼を熟したらしいぞ」

「嘘だろ？　あんな若そうなやつしかいないパーティーで？　しかも疲労してる様子もないしよぉ」

「どうやったんだよ。俺は全く歯が立たなかったのに……」

「え？　お前、受けたことあったのかよ。『あんな依頼受けるやつは情弱の馬鹿だ』とか言ってなかったっけ？」

「ギクッ――」

こんな感じで、俺たちが無事に帰還し、難しい依頼を突破したことに、多くの冒険者が驚いている。

侮《あなど》られていた者が偉業を成し遂げ、周囲から注目される流れ。嫌いじゃないな。

優越感や達成感に身体が満たされ、気分がよくなるんだ。

せっかくだ。もう一段階驚いてもらおう。

俺は口を開く。

「あの、すみません。グランドワームも討伐したんですが、追加報酬とかないんですか？」

「なっ……なんだって？」

「あいつ今なんて……」

予想通り、周囲が一層ざわめき出したな。

今回の依頼の肝《きも》はドレインドッグではなく、やつが従えていた超大型の魔物グランドワームの存在だ。ルリアもグランドワームの討伐ならAランク相当だと言っていた。

まさか彼らも、グランドワームまで討伐したとは思っていなかったらしい。

「ギルドに帰る前に、魔導具で連絡して回収要請を出したんですけど」

「しょ、少々お待ちください」

受付嬢も知らなかったようだ。慌ててカウンターの奥へ消えていく。

ルリアと目が合う。何か言いたげな顔だ。

「せっかくだし、もらえる物はもらっておかないとな？」

「……そうね。倒してくれたのはあなただし、任せるわ」

せっかく大きな依頼を達成したのに、ルリアは冷静だな。

もっと喜べばいいものを。リズなんかは飛び跳ねて喜んでいたし、ラフランも帰り道は饒舌《じょうぜつ》になるくらい嬉しそうだった。

しばらく待って、受付嬢が戻ってくる。

「大変お待たせいたしました！　グランドワームの討伐も確かに確認いたしました。本来、依頼外の討伐には報酬が発生しないのですが、今回は特例として、お支払いすることになりました」

「おお、ラッキーだな」

「ええ」

なんか微妙な反応だな。やはりルリアは嬉しくないのか？

「グランドワームまで……マジなのかよ」

「やばいなあいつら。子供だからって侮ってたが、意外とすごいやつらなのか？」

「い、今のうちに仲良くなったほうが……」

周囲から向けられる視線も変化していく。

侮り、疑い、そして今は畏敬《いけい》の念を抱く。

悪くない流れだ。心なしか受付嬢の笑顔も明るくなったように見えるし、功績を残せばギルドの対応もよくなっていくかもしれない。

そこはミリミリの街と同じだな。貴族とは似て非なる実力主義、それが冒険者という職業なのだろう。

今の俺にとっては望むところだ。

報酬を受け取る。袋一杯に金貨が入っていた。

森の主、サンズサーペントを倒した金額の倍はあるだろう。

さすがBランクの依頼と、Aランク相当の魔物討伐の報酬だ。

「じゃあ帰るか」

俺の言葉に、ルリアが頷く。

「そうね」

「お待ちください」

立ち去ろうとした俺たちを呼び止めるのは、受付嬢の声ではなく低い男性の声。

冒険者の誰かが俺たちに声をかけたのか？

そう思って振り返ると、細身な男が一人、立っていた。

眼鏡《めがね》をかけていて、見るからに知的だ。

冒険者とは似つかない整った服装はまるで、貴族の屋敷に仕《つか》える執事のようだ。

「ルリア様、リズ様、ラフラン様、そしてエレン様ですね」

彼は俺たちの名前を一人ずつ口にした。周りは静まり返り、誰もが息を呑んでいる。

よほどの人物なのだろう。部外者の俺たちには、彼が誰なのかさっぱりわからないが。

俺は彼に尋ねる。

「どなたですか？　恐らく知り合いではないと思うのですが……」

「これは失礼いたしました。私の名はアトムと申します。このサラエでギルドマスターを務めておりますので、以後、お見知りおきを」

「ギルドマスター？」

俺は首を傾げる。偉い人物なのは察しがつくか、どういう役割の人なのかわからない。

すると、そんな俺の内心を察したのか、アトムさんは聞いてくる。

「ご存じありませんでしたか？」

「あーえっと、冒険者になったのが、つい最近なので」

「そうでしたね。確かエレン様はミリミリで登録をされたばかりでした」

「よく知っていますね」

俺がそう言うと、アトムさんはニコリと微笑む。

「当然です。ミリミリでの活躍は耳に入っておりますので」

「そうでしたか」

あの街で目立った影響か。ギルド同士で連絡を取り合い、情報共有をしているんだな。

ギルドという組織は、想像以上にしっかりしているらしい。

「このたびの活躍も、ギルドとして大変喜ばしく思います」

「そうなんですか？　余分にお金を払わないといけない分、そっちとしては損に見えますけどね」

「そんなことはありません。あなた方がグランドワームを討伐してくれたお陰で、この街を含む周辺の安全が確保されたのです。冒険者の皆様が活躍されるほど、我々ギルドの信頼も上がります。その報酬は然《しか》るべき対価です」

「なるほど」

ギルドとしては、そういう風に考えているのか。

冗談やお世辞を言っている雰囲気には見えないが、本心なのだろうか。

表情をうまく作っている人の頭の中は、推し量りにくいな。

「今後とも、我がギルドをよろしくお願いします。皆様のご活躍を心より祝福し、期待しておりますので」

彼は右手を差し出す。リーダーのルリアではなく、なぜか俺に向けて。

俺はそれに応え、手を握る。

「こちらこそよろしくお願いします。俺はお金がちゃんともらえればなんでもやりますよ」

「それは心強い。我々はよきビジネスパートナーになれそうですね」

俺たちは固い握手を交わす。その光景を見る周囲の冒険者たちの「あいつら何者なんだ？」という呟きは、聞こえなかったことにしておいた。

◇◇◇

夜の森の中。焚火の炎が周囲を明るく染めている。

「せーの、かんぱーい！」

リズの大きく元気な声を合図に、みんながコップを天に掲げ、ぶつけ合う。

今夜は宴《うたげ》だ。

報酬で食材などをたくさん買って、ルリアたちが野宿している森で祝勝会をすることになったのである。

料理はルリアたちと一緒に旅をしている獣人のおじいさんとおばあさんが作ってくれた。

野宿を続けているから、道具も少なかったろうに、豪勢な料理が並んでいる。若干野性味ある見た目だが、味は俺好みだったから箸《はし》が止まらない。

「美味いな、これ」

「喜んでくれて私たちも嬉しいですよ」

料理を作ってくれたおじいさんは、そう言って笑った。

「いや、というか俺も交ざって大丈夫でしたか？」

「何言ってるんすか、アスクお兄さん！　今夜の主役はお兄さんなんだから当然っす！　お兄さんのお陰でいっぱいお金がもらえたんすから！」

リズはいつになく元気いっぱいだ。夜空の星々を薄れさせるほど輝く笑顔で俺にそう言ってくれた。

「そうです。むしろこんな場所で、すみません」

ラフランが丁寧に謝ってきた。

彼女は見た目もお淑《しと》やかさだが、食べ方も上品だ。

「場所は気にしないよ。こういうの新鮮だし、俺は嫌いじゃないな」

俺がそう言うと、おじいさんは豪快に笑う。

「ほっほっほっ、実に逞《たくま》しい方ですな。人間とは思えない」

「お兄ちゃん、これも食べて！　ラフランお姉ちゃんが作ったんだよ！」

カイ君が手渡してきた料理を口に運び――

「お、美味いな」

「あ、ありがとうございます……」

ラフランは照れくさそうに頬を赤く染める。

最初は俺のことを怖がっていた子供たちも、カイ君を筆頭に、話しかけてくれるようになってきたな。

それにしても改めて、子供や老人が多く、その間の年齢層がルリアたちくらいしかいないのは、なんだか不自然だよな。

「ねぇ、アスク」

「なんだ？」

食事や会話を楽しんでいると、隣にルリアがちょこんと座ってきた。

その表情は、宴に似つかわしくないくらいに真剣そのものだ。

「本当にこのお金、受け取ってよかったの？」

「何が？」

「グランドワームを倒したのはあなただわ。私たちは何もしていないのに、こんな大金を受け取っていいの？」

「……ああ、そういうこと」

だからテンションが低かったのか？

そんなことを気にしていたなんて、まったく……。

「いいやつだな、君は」

「い、いきなり何よ」

「もらえる物はもらっておけばいいんだよ。俺は一人だけど、君たちは大勢養《やしな》わないといけないんだろ？」

俺は周囲に視線を向ける。

彼女たちを含む二十人余りの集団を、三人の冒険者の報酬が支えているらしい。

野宿で家賃がかからないとはいえ、生きている限りお金はかかるし、魔物から身を守るための道具も揃えないといけない。

戦えるのは彼女たちだけみたいで、普段は三人で交代で夜の見張りをしているそうだ。

まだ若い女の子三人が背負うには重い責任だと思う。

「それに、パーティーに入れてもらえなかったら受けられなかった依頼だ。俺一人で受け取るべきじゃない。こっちだって助かっているんだよ」

「……それだって、あなたが助けてくれたお礼をしただけよ」

「細かいなー、もう。いいんだよ別に、俺がそれでいいと思ってるんだ。ありがたく受け取ってくれ。それでしっかり君も楽しめばいい。せっかくの宴で暗い顔してたら損だぞ？」

「……本当に変な人ね」

この時、俺は初めて彼女の笑顔を至近距離で見た。

小さく遠慮がちに、だけど嬉しそうに笑った姿を。

「君は笑っているほうがいいな」

「え、そ、そうかしら」

「ああ、これからもそうしてくれ」

「……頑張るわ」

宴は続いた。長く一人で生活してきた俺にとって、こうして大勢で食事をすることは初めてで。

不思議と、悪くない。

王様たちには申し訳ないけど、もしかすると俺は……心のどこかで寂しさを感じていたのかもしれないな。

第五章　家族のように

楽しい時間は、あっという間に過ぎる。

宴が終わり、夜も更《ふ》けていく。いつまでも騒いでいるわけにはいかない。

それにここは危険な森の中だ。対策していても、いつ何時、危険が訪れるかわからない。

みんなで協力して片付けをしたあとは、交代で見張りをしながら湖で身体を洗う。

魔物がいる湖の水は通常汚いが、ここにはラフランがいる。

セイレーンの能力の一つに、水を浄化する力があるのだ。

湖の一部を岩や土で区切り、疑似的な水たまりを作って彼女が水を浄化すれば、問題ない。

人ではないからこそできる方法だよな。

きっと他にも、長い旅の生活で培った知恵は色々とあるのだろう。


水浴びが終わり、みんなで焚火の周りに集まって暖《だん》を取る。

子供たちは水浴びの際にはしゃぎまわっていたから、眠そうだ。

その中に交じってリズもウトウトしている。

「眠い……このまま横になりたいっす」

「駄目よ。ちゃんと身体を乾かしてしてからじゃないと、風邪《かぜ》をひくわ」

ルリアの言葉を受けて、リズはラフランに甘える。

「ラフランちゃん乾かしてぇ～」

「私は逆に濡らしちゃうと思うよ……」

そんな仲睦《なかむつ》まじい様子を見ながら思う。

三人は本物の姉妹のように仲がいいな、と。

普通、異なる種族同士は習慣や考え方の違いから対立するものだ。人間ですら生まれた場所の違いでわかり合えず、争いに発展することがあるのに。

「すごいな、君たちは。本物の家族みたいだ」

「家族っすよ！　生まれはバラバラだし、見た目も違うっすけどね？　小さい頃から一緒にいるっすから」

俺の言葉に対して、リズは先ほどまで眠そうにしていたのに一転、元気いっぱいにそう語る。

なんだか嬉しそうだ。

「ここにいるみんなが家族っす！　ねー、ラフランちゃん！」

「も、もう濡れたまま抱きついちゃ駄目ですよ」

「ははは、リズが三姉妹の末っ子って感じだな。次女はラフランで、長女はルリアか。一番しっかりしてるし」

俺の言葉に、ルリアが言う。

「そうね。私が一番年上の十六歳、二人が一つ下よ」

エルフは長寿の種族と聞いていたから、見た目よりずっと年上なのかと思ったけど……。

「同い年だったんだな」

「そうだったの。あなたのほうが年上だと思ったわ」

「そうっすね！　背も高いし、なんかいつも落ち着いてて大人っぽいっす！」

「実際大人だよ、人間の中ではね」

「アルベスタ王国の成人年齢は十六歳でしたね、確か」

亜人種は人間よりも長命な種族が多い。

そのため人間とは成人年齢も違う。

特にエルフは、数百年生きる種族だ。

それを考えると彼女は種族の中ではかなり幼い方なのだろう。

「それにしてもやっぱりルリアが一番しっかりしてて、お姉ちゃんって感じがするな」

俺の言葉に、リズとラフランが頷く。

「うん！」

「私もそう思ってます」

「……そう」

ルリアは、ちょっと照れくさそうだ。

するとそこへ料理を作ってくれたおじいさんとおばあさんがやってくる。

「アスクさん、来てくれてありがとう」

そう口にしたおじいさんに対して、俺は頭を下げる。

「いえいえ、ご馳走様でした」

「お口に合ったようで何よりですよ」

おばあさんは優しく微笑む。

獣人は獣臭いなんて言われているけど、実際そんなことはない。

おばあさんは、続けて言う。

「アスクさんには本当に感謝しているんです。この子たちを手伝ってくれて、本当にありがとうございます」

「お互い様ですよ。一人よりも効率がいいし、俺も助かってますから」

「そうですか。でも本当によかった。私たちでは、この子たちの足手まといにしかならない。子供たちに危険な仕事をさせて……本当に情けない」

すると、ルリアが口を挟む。

「その分、家事と子供たちのお世話をしてくれている。それだけで十分助かっているもの。だからお金のことは、気にしなくていいわ」

その言葉に、おじいさんは複雑な表情を浮かべる。

「そうは言ってものう……わかっておるさ。私たちは戦えん。だからこそ、ありがたい」

そして、おじいさんとおばあさんはそれぞれ俺の顔を見つめて言う。

「アスクさんのように強くしっかりした方が一緒なら、私たちも安心できます」

「どうぞこれからも、この子たちと仲良くしてあげてください。私たちにできることは、なんでも言ってください」

「お気遣い感謝します。こちらこそ」

ルリアたちとの会話はストレスが少なく、話していて落ち着く。

それに実力的にも、パーティーメンバーとして申し分ない。

今後どうするかは決めていないけど、今の状況には感謝しているし、満足もしている。

だから、しばらくはこのままでいいかと考えている。

すると、おじいさんがとんでもないことを口にする。

「しっかりしたお方だ。アスクさんのような方が、常に一緒にいてくださると心強いのですが……どうですかな？　うちの子たちの誰かと結婚《けっこん》されるというのは」

「ぶっ！」

「――!!」

唐突に何を言い出すんだこの人は。

さっきまでのんびりした雰囲気だったのに、急にぶっこんでくるなんて……俺も驚いて変な声を上げてしまったし、ルリアも固まってしまっているじゃないか。

「おや？　余計なことを言ってしまいましたかな。アスクさんほどのお方だ。既にそういうお相手がいらっしゃるなら、無粋《ぶすい》でした」

「いや、そういうわけじゃないんですが、いきなりだったので」

「そうでしたか。これは失礼いたしました。私たちも年ですからね。若い子たちには幸せを手に入れてほしいのです。おせっかいなのはわかってはいますが」

「な、なるほど」

それでいきなり結婚の話をするのか。

意識したことなかったけど、大人になれば誰と結婚するのも自分の意思次第。

いつかは……なんて考えもしていなかった俺にとって、初めて自分の将来を考える機会になったのは確かだ。確かだが……。

「結婚か……」

呟く俺の横で、リズが手を挙げる。

「大丈夫っす！　それならもうルリアお姉ちゃんがいるっすよ！」

「――ん？」

「ちょっとリズ！」

俺は首を傾げ、ルリアは顔を真っ赤にして止めようとするが、リズはお構いなしに続ける。

「アスクお兄さんとルリアお姉ちゃんはキスしちゃったっすからね！　ボクのせいで」

「ほう、そうだったのですか。であれば安心だ」

「あらあら、よかったわねぇ、ルリア」

おじいさんとおばあさんはそう納得している……が、俺だけ理解できず、頭に疑問符を浮かべる。

「ちょっと待ってください。さっきからなんの話をしているのですか？」

そう俺が聞くと、おばあさんは驚いた顔で言う。

「ご存じありませんか？　エルフにとって口づけは、その相手に生涯《しょうがい》を捧げるという儀式なんですよ」

「そ、そうなんですか？　……本当に？」

俺はルリアに視線を向ける。

彼女の顔は過去最高に真っ赤だった。ちょっと涙目だし。

この反応を見るに、嘘じゃなさそうだ。

「つまり……えっと、エルフの習わしに従って考えると、俺とルリアはもうそういう関係になったとか、そういう……こと？」

「……そ、そうよ」

赤い顔で頷くルリアに、俺は再度聞く。

「故意じゃなくて事故でも？」

「過程は関係ないわ。私たちエルフにとって……キスはそういう意味なのよ！」

ルリアはちょっと声を荒らげてそう口にして、視線を逸らす。

そういえば屋敷で読んだ文献に、エルフの世界では人間とは異なる様々な掟《おきて》があると書いてあった。そして、その掟を何より厳しく守ろうとするとも。

俺は言う。

「なんで教えてくれなかったんだよ」

「そ、それは！　恥ずかしかったのよ……」

彼女は顔を赤くしたまま、ぼそっとこぼした。

彼女にとって口づけは、自身の生涯を相手に捧げるという儀式。

それは俺たち人間のそれよりも、重く厳しい掟である。

「まぁでも、それはエルフの掟だろ？　俺は人間だから当てはまらないし、ルリアが嫌なら無理に結婚とか考えなくてもいいだろ」

「――――！」

目を見開いて固まるルリアを横目に、おじいさんが言う。

「それもそうですね。私たちもエルフではありませんし、厳しく言うつもりはありません。全てはルリアとアスクさん次第です」

ここがエルフの里であれば、もっと厳しく定められていたかもしれない。

けれどここはただの森の中だし、種族もバラバラの疑似家族。

加えて俺は部外者で、人間だ。こんな状況で掟に縛られる必要もないだろう。

「……そう」

ルリアはなんとも言えない表情で、そう呟いた。


結局帰るのが面倒になった俺は、彼女たちとともに一夜を過ごすことにした。

夜はとても危険だ。焚火の炎も消して、なるべく固まって休む。

普段は三人が交代で見張りをしているらしいが、三人だけに任せるのも悪いので、俺も加わった。

順番はルリアが最初で、次が俺、それからリズ、ラフランという感じ。

交代の時間になったので、見張りをしているルリアに声をかける。

「次は俺の番だ。もう休んでいいぞ」

「……」

「ルリア？」

「まだ眠くないの。このまま見張りを続けるから、休んでいていいわよ」

彼女は地面に座ったまま、こちらを向かずにそう言った。

気を遣っているんだろうと思いつつ、俺は彼女の隣に腰を下ろす。

ここでようやくルリアがこちらを向く。

「俺も眠くないいんだ」

「……そう」

しばらく無言の時間が続いた。

夜の森は意外と静かで、街の中のような喧騒もない。

気温もちょうどよくて、時折吹く風が心地いい。

静寂は嫌いじゃない。野宿も案外悪くないかもとか思い始める。

そんなタイミングで、ルリアが口を開く。

「何も聞かないのね」

「ん？」

「私たちのこと……なんで旅をしているのかとか、どうして違う種族なのに一緒にいるのかとか……気にならないの？」

「そのことか。気にならないと言えば嘘になる。けど、お互い様だろ？」

ルリアたちも、俺の事情を詮索《せんさく》してこなかった。

ギルドの中に、俺くらいの年頃の人間は一人も見当たらなかった。

貴族の間では冒険者のイメージは悪い。

社会に適合できず、何かを諦めてしまった者たちというのが、冒険者のイメージだ。

実際、俺のように事情を隠して働いている人もいるだろう。

彼女たちが、種族という大きな問題を抱えているように。

そんな中、この若さで冒険者になった理由なんかを聞いてきたって不思議じゃない。

俺は言う。

「言いたくないことは言わなくていいし、俺も聞かない。教えたくなったとかなら別だけど」

「……そうね、それじゃあ私が教えたくなったから、教えるわ。別に、隠すことじゃないしね。私たちは同じ境遇……どこにも居場所がなかった。だからいろんな種族で助け合って村を作り、隠れて暮らしていたの。けどある日、村が人間に見つかって……」

ルリアは重く、ゆったりした口調でこれまでの道のりについて語る。

彼女たちは異種族同士で協力し、一つのコミュニティーを形成していた。

異なる文化、寿命、見た目の者たちがともに生活するのには苦労も大きい。

それでも居場所がない彼らは、助け合うしかなかった。

そうして歩み寄り、ささやかな平和を手に入れる。

しかし偶然、彼らの村は人間に見つかってしまった。

ある貴族の領地に当たるのを知らずに、そこに村を作ってしまっていたのが原因である。

領主は兵士を率いて村を襲撃した。

それに対して村の大人たちは、子供たちを守るために奮闘する。

戦えない子供と老人は、大人たちが戦っている間にどうにか外へ逃げられた。

けれど、抵抗した大人のほとんどは捕らえられ、どこかに連れていかれてしまったのである。

俺はルリアの話を聞き終え、大きく息を吐く。

「それで大人がいないのか」

疑問の一つが解消された。スッキリはしないが。

「連れていかれた大人たちは、どうなったかわからないわ。あとで村に戻ったら、全部燃やされて何も残っていなかったの」

「だから旅に出た？」

「そうよ。逃げたことは気付かれているでしょうし、元の居場所に残る選択肢はなかったわ」

ルリアの表情は暗かった。俺も元貴族の一人だ。

亜人がコレクションされたり、奴隷として売買されていることは知っている。

村を襲撃したのがアルベスタ王国の貴族なら、その後の大人たちの境遇もわかったかもしれないが、ルリアたちがいたのは他の国である。

とはいえ、亜人の扱いはどこも変わらない。

彼女たちの判断は正しかったと思う。

「しかし、よく決意したな。子供と老人だけの旅なんて過酷な道を」

「それしかなかっただけよ。冒険者になったのも同じ。普通の仕事はできなかった。生きるためにはお金がいるのに、私たちは社会に溶け込めない」

亜人種である彼女たちを、人間社会の組織は拾わない。

そんな中、唯一冒険者ギルドだけは、出身や種族が不問だ。

それは、彼女たちにとっては最後に残った希望なのだろう。

「これからも旅を続けるのか？」

俺の言葉に、ルリアは頷く。

「ええ、でも長くは続けたくない。私たちは平気だけど、老人に野宿は厳しい。病気にでもなったらおしまいだもの。だからお金を貯めて、私たちだけの居場所を作りたいの」

「村を再建したいのか？」

「村じゃなくてもいいわ。どこかの街はずれに家を建てるとかでもいいの」

ルリアは夢を語った。

でもそれは夢というには重たく、ひどく現実的。

彼女の置かれた境遇がいかに過酷であるかを思い知らされたような心持ちになる。

「私たちは平和に暮らしたいだけ……誰にも邪魔をされない場所で。そのためにはお金がいるわ。家を買うにしたって、私たちには普通の値段じゃ売ってくれないでしょ？」

「そうかもな」

亜人種というだけで断られてしまう。一から家を作るにしても、専門の職人に頼まないと無理だ。それだって普通の条件じゃ受けてくれないだろう。

でも亜人種を嫌う者たちが目を眩《くら》ませるほどの大金があれば——

「それで、お金は貯まってるのか？」

「……」

無言が答えだ。俺は「だろうな」と小さく言う。

これだけの人数を養うんだ。日々の生活だけでも大変で、家を買うだけのお金を集めるのは至難の業《わざ》だろう。

しかしルリアの瞳は諦めていなかった。むしろやる気に満ちている。

「それでも諦めないわ。いつか必ず……」

「格好いいな、君は」

思わずこぼした言葉に、ルリアが目を丸くする。

「え？」

「ひどい環境でたくさんの物を失って、それでも前を向いて生きようとしてる。残された家族のために……俺と同い年で考えることじゃない。尊敬《そんけい》するよ」

もしも俺が同じ立場だったらどうするだろう？

俺が抱えていた問題は、俺一人の問題でしかなくて、結果的に俺の気持ちとやる気次第でどうにでもなることだった。

偶然の出会いに助けられたことを考えても、俺は恵まれている。

対して彼女たちの境遇は……どうしようもない。

せっかく手にした平穏すら奪われて、住む場所すらなく、未来も不安定だ。

それでも歩みを止められない。生きるために、家族のために。

素直にすごいと思った。そして驚いた。こんなにもまっすぐで、強い女の子がいるんだって。

ルリアは一転、探るように聞いてくる。

「……ねぇ、あの話……あなたはどう思うの？」

「あの話って？」

「……結婚の……話」

彼女は恥ずかしそうに顔を赤らめながら、俺を見つめている。

目を逸らさずに、何かを期待するように。

「どうって、俺の気持ち的なこと？」

彼女は小さく頷く。

俺は夜空を見上げて考える。

「正直、よくわからないんだよな」

「わからないって……？」

「俺、小さい頃は感情がなかったんだ。比喩《ひゆ》じゃなくて本当に、そういう病気……というか状態で育ったから、家族とも上手くいかなかった。だから家を出たんだよ」

「……そうだったのね」

俺は自然と己の境遇を語っていた。

ルリアが教えてくれた分、俺も少しは何かを返さねばと思ったのかもしれない。

「そんなだから、家族ってものがよくわからない。結婚も、人を好きになることも……俺には曖昧《あいまい》なんだ」

精霊王様たちのお陰で感情を手に入れた。

喜怒哀楽《きどあいらく》。

人間が持つ当たり前の感情を手にして、他人の考えていることも理解できるようになった。けれど俺は、愛情を知らない。

生まれてから一度も与えられてこなかった感情だから、未だに理解できないのだ。

「こんなやつと結婚しても、きっと大変だ。だから無理する必要はない。さっきも言ったけど、俺はエルフじゃないからな。別に嫌ってわけじゃないけど、ルリアのいいようにしてくれて構わないよ」

我ながら他人事《ひとごと》のようなセリフだ。

しかし、これぱっかりは自分ではどうすることもできない。本当にわからないんだから。

それでもいつか、見つかるのだろうか？

俺が心から好きになる相手が……生涯を捧げたいと思える人が。

今はまだ、全然想像できない。

◆◆◆

半年以上誰も達成できなかった依頼を、若い冒険者だけのパーティーが難なく達成した。しかもグランドワームの討伐まで成し遂げている。

ギルド内は、その出来事から一週間が経とうとしているのに、まだその話題で持ちきりだった。

「すげぇやつらだよな。男以外顔が見えねーけど、何者なんだ？」

「それがさぁ……実は俺、見ちゃったんだよね。あのフードの中身」

「マジか？　男だったか？　それとも女？　美人だったか？」

「そういう次元じゃねぇ……」

この日を境《さかい》にまた一つ、彼らについて噂が流れ出す。

彼らは人間ではない。亜人種の集まりだ――と。

◆◆◆

「さて、今日も仕事の時間だ」

俺の言葉に、リズ、ラフラン、ルリアがそれぞれ答える。

「そうね、アスク」

「おー！」
「頑張りましょう」
それから老人や子供たちに見送られ、俺たちは森から街へと向かう。
ルリアたちと出会って一週間。
俺は彼女たちと毎日依頼を熟しつつ、偶《たま》にこうして野宿に交ざっていた。
便利で快適な宿屋の暮らしも悪くないけど、自由で賑やかな生活も案外悪くない。
精霊王様たちは、少し嫉妬《しっと》しているみたいだけどね。
俺たちはいつものように冒険者ギルドへ向かう。
街に入る前に、ルリアたちはフードで顔を隠す。
俺だけ顔を晒《さら》しているから逆に目立つが、最近はあまり注目されなくなった。
きっとみんな慣れたのだろう。
どころか、周りの冒険者の中で、俺たちを笑うやつはいなくなった。
大分過ごしやすくなったな、なんて思いながらギルドの中に入る。
直後、視線を感じた。一つではなく複数、これまでと違う視線だ。
冒険者たちが俺たちを……否、俺を見ている？
「なぁ兄ちゃん、あんた騙されてるぜ？」
唐突に、一人の大男が話しかけてきた。
馴れ馴れしく話しかけてきたが、全く知らない男である。

「何が？」

「やっぱ気付いてねーのか。こいつらのことだよ！」

大男は突然、ルリアのフードを勢いよく外した。

いきなりのことで誰も反応できず、ルリアは公衆《こうしゅう》の面前《めんぜん》でその素顔を晒してしまう。

「ルリアお姉ちゃん！」

「ルリアさん！」

遅《おく》れてそう叫ぶリズとラフランを横目に、大男は得意げに周囲に向かって言う。

「ほら見たか！　やっぱりこいつら亜人だぞ！」

ギルドの中が騒がしくなる。

下品な笑いや、「よくやった！」と吠《ほ》える声が聞こえる。

「他の二人もそうなんだろ？　さっさとフードを外せよ」

別の男たちが二人を囲み、無理やりフードを外そうとする。

抵抗する二人に複数人で、なんてただのいじめじゃないか。

「や、やめるっす！」

「痛っ」

苦悶《くもん》の表情でそう口にするリズとラフランを見て、ルリアが止めに入ろうとする。

「あなたたち！　これ以上は――」

「【やめろ】」

俺の一言で空気が変わった。

精言《せいごん》――精霊王の契約者だけに許された特殊技能。

精霊王様たちの力を借りて言葉を発することで、あらゆる元素に命令できるのだ。

この力は人間にも有効だ。

人間も空気を吸い込み、大自然のものを食べて生きている。

故に彼らの中にもある。精霊王の言葉に逆らえない因子が。

「な、なんだよてめえ、なんで怒ってるんだ？　騙されてんだぞ！」

大男の言葉に、俺は怒気を乗せて返す。

「勝手に決めないでほしいな。俺は知った上で一緒にいるんだよ」

「なっ、正気か？　亜人だぞ？」

「だからなんだ？　亜人だから一緒にいちゃいけないのか？　おかしいな。そんな決まりはなかったはずだけど？」

俺は男たちを威圧する。

その隙にリズとラフランは、ルリアの後ろに隠れる。

彼女たちを庇うように、俺は三人の前に立つ。

「なんだよ。人間のくせに亜人の肩を持つのか？　そんな劣等種族に味方して、なんになるんだよ」

「劣等？　笑わせるなよ。あんたらよりよっぽど彼女たちのほうが優秀だ。人間は認めたくないんだな。彼女たちが優れていることを」

　こちらを睨む大男に対して、俺は堂々と構える。

　まさに一触即発《いっしょくそくはつ》の空気。

　そこに、一人の男が姿を現す。

「これは、なんの騒ぎですか？」

「ギルドマスター！」

　受付嬢が声をあげ、みんなの視線がギルドマスターであるアトムさんに集まる。

　アトムさんに、受付嬢が何か耳打ちする。

　すると彼は頷き、口を開く。

「なるほど、事情は察しました。ギルド内での私闘、乱闘は固く禁じております。まずは落ち着いていただけますか？」

「俺は冷静ですよ」

　頷く俺に、アトムさんは笑みを見せる。

「それはよかった。騒ぎの原因はエレン様ではなく、他にあるようですね」

　アトムさんは、俺の背後にいる三人に視線を向ける。

「……なんだ。あんたもそっち側なのか？」

「誤解なさらず。当ギルドでは種族の制限は設けておりません。我々にとって重要なのは、種族ではなく、我々にとって有益かどうかですので」

合理的なことこの上ないな。

この場においては彼ほど仲裁《ちゅうさい》するのに適した人物はいないだろう。

俺は彼に聞く。

「だったら彼女たちがここにいても、俺と一緒に働いていても問題ないよな？」

「ええ、もちろんです」

「チッ……」

大男は舌打ちした。彼らも所詮は、ギルドに所属しているだけの人間だ。

ギルドマスターの意向には逆らえない。騒ぎを起こせば仕事をなくす。

これでこの騒ぎも――

「ただ、これを理由に皆様が伸び伸びと働けなくなってしまうのであれば、我々としても放置できません」

大男はアトムさんの言葉を聞いて、急に元気になった。

「そうだぜ、ギルドマスター！　俺らも不安なんだよ。こいつらがいつ悪いことするかわからねーだろ！　なぁみんな！」

周りもそれに同調するように頷く。

「申し訳ありませんが、ギルドにとって不利益となると判断した場合、エレン様を除く三名は今後、当ギルドでの活動を制限します」

「……わかりました」

えらくあっけなく、ルリアは諦めてしまう。

俺は彼女の方を向く。

「ルリア？」

「いいのよ。いつものことだから」

それからルリアはリズとラフランの手を引き、ギルドの出口へ身体を向ける。

「また次の街を探せばいいわ」

ぼそりと聞こえた声からは、強い悲しみを感じた。

きっと初めてじゃないんだ。こうなることも覚悟して、彼女たちは生きている。

不平等に。

そのことにすごく――腹が立った。

「待った。諦めるのは早いぞ」

「え？」

俺は歩き出そうとしたルリアの肩を掴んだ。

続けて、アトムさんに視線を向ける。

「『不利益になるなら活動を制限する』……そう言ったよな？」

「はい。我々にとって最も重要なことは、ギルドにとって有益か否か、です」

「じゃあさ、ここにいるやつら全員合わせても俺たちより無能だって証明できれば、俺たちの意向を優先してくれるってことだよな？」

後ろを向くと、ルリアもリズもラフランも、俺の発言に驚いたようで、固まっていた。

ルリアたちだけじゃなく、周りの冒険者たちもだが。

彼らは少しして、笑いながら口々に言う。

「何言ってんだあいつ」

「亜人に肩入れすると、思考力が落ちるのか？」

なんてふうに。だが――

「――ええ、検討いたします。あなた方が有益な人材であるなら、我々もそれなりの待遇をお約束します」

そう、アトムさんは違う。彼はいたって合理的だ。

「じゃあこういうのはどうですか？　今からここにある掲示板の依頼、Bランクまでのものを全て受注し、本日中に終わらせます」

「「「なっ……」」」

周囲から、戸惑った声が聞こえた。

次いで、ルリアが言う。

「ちょ、ちょっと何を言っているの？　そんなこと――」

ルリアは二の句を継げず、固まる。

その間に、周囲の冒険者は好き勝手言う。

「できるわけねーだろ！　馬鹿かあいつ！」

「やっぱあいつも人間じゃねーんじゃねーのか？」

「あはははは っ！」

そんな中、アトムさんは真剣な顔で俺に問う。

「本気で仰《おっしゃ》っているのですか？」

俺は頷く。

「さすがに数日かけることを前提とした依頼は除外するが、それ以外の全てを終わらせる。無理だったら、達成した分の報酬は、ここにいるやつらに分配してくれて構わない」

アトムさんは「ほう」と口にして、顎に手をやった。

大男が言う。

「マジかよ。そいつはありがてーなぁー。俺たちのために働いてくれるってよぉ！」

「ただその代わり、達成したら二度と逆らうな。邪魔もするな」

俺は冷たい視線で言い放った。

一瞬だけ静寂を挟み、大男が得意げに言う。

「いいぜ、それで！　邪魔するまでもないだろうしな！」

しかし、アトムさんが待ったをかける。

「お待ちください。エレン様、その賭《か》けに乗ったところで、我々にメリットがありません」

「ああ、だからもし失敗したら、以後死ぬまで俺が無償で働くよ」

ギルド側も知っている事実——俺がグランドワームを討伐したということ。

Aランク相当の魔物を討伐した実績を持つ俺が、これから無償でギルドのために働くとなれば、大幅なコストカットに繋がるはずだ。

アトムさんが聞いてくる。

「……見返りは？」

「達成できたら、そのお金で家を買いたい。二十人くらい一緒に暮らせる家がいい。街から離れていてもいいから、誰にも邪魔されず、暮らせる場所を」

「アスク……」

俺は、心配そうに呟いたルリアに笑いかける。

彼女の瞳は潤《うる》んでいるように見えた。

「かしこまりました。もしアスク様が賭けに見事勝利した暁《あかつき》には、屋敷の手配とその後の安全は、当ギルドが全力をもって支援します。ただし、失敗した時は約束を守ってもらいます」

負ければ俺の人生はギルドに拘束される。自由はなくなるだろう。

彼女たちの平穏のために、俺は自らの自由を賭け金にしたのだ。

思わず笑ってしまいそうになる。

他人のために自分を犠牲《ぎせい》にするなんて、我ながら何をやっているんだって話だ。けれど、腹が立ったんだ。

自分のことじゃないのに、心から怒りを覚えた――それが今は、少し嬉しい。

俺にもあるんだ。他人を尊《とうと》ぶ気持ちが……。

「大丈夫だ。俺一人じゃ正直無理だけど、君たちがいれば可能だよ。見せてやればいい。人間よりも亜人のほうが優れてるってところを！　君たちは、人間にはない才能を持っているんだって、わからせてやろう！」

俺は勝算もなく言っているわけじゃない。

ルリアたちが持つ亜人種としての特性、実力を考慮した上で提案したのだ。

俺は信じているんだよ。君たちが持つ力を、その可能性を。

「俺はみんなを信じている」

信じることができる。

薄汚い社会に汚されても、決して汚れることはない綺麗な心を持つ君たちだから。

「みんなも俺を信じてほしい。俺の言葉を」

「アスク……」

ただ俺の名を呼ぶルリアに、俺は笑いかける。

「それに、やられっぱなしで終わるなんて嫌だろ？」

やられたら倍以上の屈辱《くつじょく》を返す。それが俺のやり方だ。

ルリアは笑う。呆れたように。

「そうね。確かに嫌だわ」

次いで、リズとラフランが拳を握る。

「そうっすね！　こうなったらやってやるっすよ！」

「チャンスだと思って頑張ります！」

「ああ、それでいい」

俺は頷き、アトムさんと目を合わせる。

「では、始めましょうか」

「ああ」

さぁ、一世一代《いっせいいちだい》の大博打《おおばくち》だ。

◇◇◇

受注した依頼数は五十七。

該当エリアをサラエの街周辺の場所に限定し、物理的に達成不可能なものを除外した結果ではあるものの……すごい数だ。

そのほとんどが討伐依頼であり、ランクはCが一番多い。サラエの街の冒険者にCランクが多いから、必然的に同ランクの依頼が集まったらしい。

俺たちは、街のはずれに集まっていた。

「先に役割分担をする。数が多いから今までと同じペースでやっていたら間に合わない。東西南北でエリアを区切って、担当を決めるぞ」

俺の言葉に、ルリアが頷く。

「そうね。あと地味に面倒なのは採取系だわ」

「それはボクが全部やるっすよ！　野草とかなら、匂《にお》いでわかるっす！　あと足にも自信があるので、余裕っすよ！」

リズが元気いっぱいに手を上げた。

彼女は獣人。身体能力だけなら俺と遜色ないし、何より俺よりも五感が鋭い。確かに適任だ。

「じゃあ残りの三人で討伐依頼を進めるぞ。俺が北と東を請け負《う》う。ルリアは西を、ラフランは南を頼む。リズは南のエリアで採取をしつつ彼女のサポートをして、様子を見て次のエリアへ移動するんだ」

「了解っす！」

「待って。私とアスクはそれでいいでしょうけど、数は少ないとはいえラフラン一人でBランクの討伐依頼を熟すのは厳しいわ」

「それもそうか。じゃあラフランはBランクの魔物の場所だけ調べて、見つけたら対敵せずにルリアと合流する形にしよう」

ラフランはルリアと合流し、西の依頼を熟したあと、一緒に南のエリアへ戻る。

ちなみに南のエリアは水源が多いので、ラフランが戦いやすいだろうということで割り振ったのだ。

「俺も終わったらすぐに合流する。無理な相手は後回しでいい。最悪場所さえわかっていれば俺がやる」

俺の言葉に、ラフランが頷く。

「わ、わかりました」

「よし、時間は限られている。早速始める。信じてるよ、みんな」

「ええ」

「おー！」

「はい！」

ルリア、リズ、ラフランはそう答えると、一斉にそれぞれの持ち場へと向かう。

さて、俺は先に北から終わらせよう。

サラエの街の北には渓谷《けいこく》がある。北の方向での依頼の多くは、そこに生息する魔物の討伐だった。

「広いな」

闇雲《やみくも》に探しても時間がかかるだけだ。なら、頼りになる精霊王様たちの力を使うまで。

地に足を付け、流れる風に耳を傾ける。そうすることで見えてくる。

ここの地形と、どこに気配があるのかが。

明確な形まではわからない。だが何かが生息している気配さえつかめれば、あとは直接行って叩けばいい。

全ての依頼を受けているわけだから、種類を気にする必要がないのは楽だな。

「全部倒せばいいんだろ」

俺はそれから、気配がするところをしらみつぶしに移動した。

もっと頭のいい方法があればよかったけど、生憎《あいにく》これしか浮かばなかった。

気配を辿り、見つけた魔物を片っ端から倒していく。

「ずいぶん張り切っているな、アスクよ」

「ええ、笑いますか？　サラマンダー先生」

「笑うものか。激情、怒りは心の動力になる。よく見極め、制御するのだ」

「はい！」

サラマンダー先生の力を借りて、紅蓮《ぐれん》の炎で渓谷を包む。

これまではルリアたちが一緒で使えなかったけど、今は俺一人だ。思いっきり戦える。

苛立ちは全部、この炎に込めてぶつけよう。

「燃えろ、全て！」

戦闘開始から二時間弱。北の渓谷の魔物は全滅した。

◇◇◇

「――これで最後！」

ラフランの生成した氷塊《ひょうかい》が、魔物を貫く。

南には彼女たちが暮らしている湖があり、依頼もその付近の魔物の討伐ばかりだ。

見知った地形と水辺というアドバンテージを活かし、ラフランは順調に魔物を討伐していく。

ちょうどBランクの魔物の居場所を全て見つけ、Cランクの依頼を熟し切ったところで、採取を終えたリズが現れた。

「こっちも終わったっすよ」

「うん。ルリアさんのところへ行こう！」

「了解っす！」

二人は急いでルリアが担当している西エリアへと向かった。

そこは、草原になっており、障害物が少ないので風がよく吹く。

風の精霊と契約しているルリアにとって、これ以上に戦いやすい場所はなかった。

「ルリアお姉ちゃん！」

リズの声に、ルリアが振り返る。

「リズ、ラフランも一緒ね」

「お手伝いにきました！　魔物は……あれ？」

「もう終わったわ」

西のエリアの魔物は既にルリアが一掃していた。

リズとラフランは、驚く他ない。

「も、もう終わったっすか？」

「すごい……」

加減して戦っていたのはアスクだけではない。

これまでルリアは、リズやラフランに遠慮して力を制限して戦っていた。

その最大の理由は、力の制御が難しいから。

魔法と精霊術は慣れていても、些細なきっかけでコントロールを乱す。

故に、仲間に危害を加えないように、無意識に力を抑えていた。

アスクはこのことを見抜いた上で、彼女に西のエリアを任せたのである。

とはいえ、全力で戦えば、より疲労は蓄積される。

実際、ルリアの額には大粒の汗が浮かんでいた。それでも――

「行きましょう」

時間が迫っている。問題は移動に大幅な時間を使うことだ。

リズの身体能力をもってしても、街の周囲を一周するのには八時間かかる。


ルリアたちが南へ戻った時には、夕刻まで二時間となっていた。

「あと少し……」

体力の限界に気付きながらも、ルリアたちは力を振り絞って魔物と戦い始める。

そんな時、空から彼が降ってきた。まるで救世主《きゅうせいしゅ》のように。

「待たせた！」

「――！　アスク」

ルリアの言葉に、アスクは不敵に笑う。

「さぁ、ラストスパートだ！」

◇◇◇

ギルド内を、静寂が支配していた。

「嘘だろ……」

今、俺――アスクの目の前では、大男がそう口にしながら、膝から崩れ落ちた。

アトムさんが、全依頼の達成を宣言する。

「お疲れ様でした。そしておめでとうございます。エレン様たちが受注された依頼は全て、達成されました」

「や……」

「「やったー！」」

ルリアの言葉を引き継ぐようにして、リズとラフランが飛び跳ねて抱き合いながら喜ぶ。

無理難題の賭けを見事に制し、夢が叶うことになったのだ。そりゃ、感慨もひとしおだろう。

「お約束した通り、住居とそのあとの安全はギルドが保証しましょう。物件を探すのに時間がかかりますので、その間の仮住まいも用意いたします」

「だってさ？　よかったな、ルリア」

「本当に……」

ルリアの瞳から大粒の涙がこぼれ落ちる。

そして――

「アスク」

「おっと……」

彼女は俺の胸に飛び込み、顔をうずめてきた。

「……ありがとう。本当に……本当にありがとう」

彼女は俺の前で、初めて涙を見せた。

俺にだけ見える場所で、彼女が泣いている。

「どういたしまして」

俺はそう言いつつ、胸を撫で下ろす。

そして、思う。

自分の自由を守れたことなんかより、ルリアたちが喜んでくれたことが……何より幸福なのだと。

第六章　新婚生活

人生、何が起こるかわからない。

生まれ持った才能、財産、交友関係は人生を大きく左右する。

貴族に生まれた者は裕福《ゆうふく》に育ち、平民に生まれた者は平凡に生きる。

定められたルールのように決まった人生を歩む者が多い中、俺は自分の領域から飛び出した。

全てを投げ捨てて自由を望んだ。

戦って、働いて、お金を稼いで。偶然の出会いを経て。屋敷を買った。

サラエの街の外れにある庭付きの屋敷。

元々とある貴族が使っていた別荘が使われずに放置されていて、ギルドが買い取り改築したものだ。

ギルドや商店街からは少し遠く、立地はあまりよくないけれど、広さは申し分ない。

二十人が一緒に暮らしても余るくらいには部屋があるらしいし。

正直文句の付け所がない……とは思うが、俺がどう思うかより、ルリアたちが喜んでくれるかどうかの方が大事だ。

俺は今、ルリアをはじめとした亜人たちみんなを連れて、屋敷を訪れている。

「おっきーい！」

「すごい……ちゃんとしたお屋敷ですね」

「……ここが、今日から私たちが暮らす家……私たちだけの……」

リズ、ラフラン、ルリアは屋敷を見上げ、それぞれ感動したようにそう口にする。

俺は頷く。

「――そう、みんなの居場所だ」

三階建てで横広の建物。庭には木々が生えていて、小さな噴水もある。

子供たちが自由に遊べそうで、大変良い。

俺らは早速、屋敷の中に入る。

中はギルドによって改築され、綺麗に清掃されている。寝具や家具なども最初から備わっていて、入居してすぐに暮らすことができる。

このあたりの設備は、ギルドが報酬の一部としてくれたものだ。

「アトムさんには感謝しないとな」

お願いしてからたった一週間で、この屋敷を用意してくれたのだから。

手配とか改装とか、いろいろ手続きも大変だっただろう。

屋敷を購入するだけでもお金がいるのに、その上で改築費用も含めたらどれほどの大金になるのやら。俺が以前暮らしていた別宅のように、古くて小さ目な屋敷なら手頃な価格で購入できたかもしれないが、ここで暮らすのは一人じゃないからな。

二十人を超える大所帯ともなれば、それなりの広さと設備がいる。

たぶん、今回の賭けで手に入れた金額を全て使ってちょうどいいか、足りないくらいか。にもかかわらず、報酬は報酬でしっかり支払われている。

この屋敷は、実質ギルドからのプレゼントみたいなものだ。

今後とも御贔屓《ごひいき》に。

「なんて声が聞こえてきそうだな……」

ここまでしてくれるのは、俺たちに恩を売る意味が大きいのだろう。

だが、今回は素直に感謝しておこう。暮らすためにお金は必要だ。

特に、ルリアたちのようにこれまで我慢してきた者には、めいっぱい普通の生活ってやつを楽しんでもらわないとな。

「中もひろーい！　ねぇねぇ！　探検してきていいっすか？　探検！」

はしゃぐリズを、ラフランが窘める。

「はしゃぎすぎよ、リズ。気持ちはわかるけど、落ち着いて」

「だって～　早く見て回りたいっす！」

「その前に部屋割りを決めましょう」

ルリアがそう言うと、リズは目を輝かせる。

「自分の部屋！」

リズだけじゃない。ラフランも期待した眼差しでルリアを見つめているし、子供たちもワクワクしているようだ。そしてそんな様子を、老人たちが微笑ましそうに眺めている。

俺も立ち位置的には老人枠だ。みんなが喜んでいる様子を見ていると、嬉しい。

ルリアが明るい声で言う。

「屋敷の間取りをもらったから、ひとまずそれを見ながら決めましょう。あとから交換してもいいし」

「はーい！　ボク一番上の階がいいっすよ！」

「私はどちらかというと、下の階の方が嬉しいです」

「私たちは一階だと助かる。階段は足腰にくるからね」

そんなふうに各々が意見を出し合い、自分の部屋を決めていく。

みんな目をキラキラと輝かせている。

この光景を見られただけで、俺の心は満たされる。

「よかったな、アスク」

「よき光景だのう」

「頑張った甲斐があったわね」

「みーんな楽しそうでハッピーだヨ！」

俺の中にいる精霊王様たちも温かい言葉をくれる。

生まれて初めて他人のために全力で何かに取り組んで、ちゃんと成果を出した。

家を出た当初は、『自分以外のために頑張るなんて非効率的だ。俺はこれから自分のためだけに生きるんだ』なんて思っていたけど、その考えが軽々と吹き飛んでいくのを感じる。

自分の頑張りが誰かの笑顔を作る——たったそれだけのことで、こんなにも幸福な気持ちになるのか。

「悪くないな」

また、新しい感覚を知ることができた。

俺にはきっと、まだまだ知らない感情がたくさんあるのだろう。それを見つけ、体験していくのが楽しみだ。

「アスク」

期待に胸を膨らませていると、ルリアが話しかけてきた。

俺は彼女と視線を合わせて、聞き返す。

「なんだ？」

「なんだじゃないわよ。あなたはどこがいいの？」

「ん？　どこって？」

「部屋よ。決まってないのはアスクだけよ」

みんなの視線が集まる。

自分たちの部屋割りは決まったらしい。

だが、俺は首を傾げつつ手を横に振る。

「いや、俺はいいよ」

「「え？」」

その場の全員の頭に疑問符が浮かんだように見えた。

俺はその予想外の反応に、キョトンとする。

「なんでっすか？」

「自分の部屋がないと寝る場所がありませんよ？」

「どういうつもりよ」

リズ、ラフラン、ルリアがぐいっと顔を近付けて詰め寄ってきた。

特にルリアは、眉間《みけん》にしわを寄せていて、怒っているようにすら見える。

俺は圧倒されながらも、説明する。

「いやだって、俺はここに住むわけじゃないから、部屋なんてもらってもさ」

「えぇ！　一緒に住まないいんすか？」

「どうしてですか？　この家に不満があるんですか？」

「不満とかじゃないよ。元から俺は住むつもりがなかっただけだ。この屋敷はみんなのために用意してもらったんだからな」

心配そうにじっと俺を見つめてくるリズとラフランに、俺はそう言った。

俺は自分が暮らす家を欲していたわけじゃない。家がなく、野宿するしかない彼女たちのためだ。

なのに、みんなは驚いている。

少しして、ルリアが小さな声で尋ねてくる。

「最初から、私たちのためだけに賭けの報酬を決めたっていうの？」

「まぁそうなるかな」

「ここを勝ち取ったのはあなたよ？　賭けに勝てたのもほとんどあなたのお陰……この屋敷はあなたの所有物だわ」

「別に誰の物だとも思ってないよ。俺の物だって言うなら、尚更どうしようが俺の自由だろ？　この屋敷は、俺がみんなへプレゼントしたかったんだ」

そう言って、俺は笑った。

賭けは俺が勝手に始めたことで、彼女たちは巻き込まれただけ。

実際、俺が一緒に行動していなければ、彼女たちの正体がバレることもなかった。

あの事態の原因を作ったのは俺だ。だからこれは俺なりの贖罪《しょくざい》でもある。

「ずるいっす……もらいすぎて、ボクたち何も返せてない……」

「私たちにもお返しさせてください。何ができるかは、わからないですけど……」

二人ともしょぼんと顔を伏せてしまった。せっかく喜んでいる顔が見られたのに、それじゃ台なしだ。

俺は笑いながら言う。

「リズ、ラフラン……気にしなくていい。みんなが喜んでくれたから、俺は大満足だ！」

「アスクお兄さん……」

「アスクさん……」

「それにさ？　せっかく部屋をもらっても、そのうち出ていく時に片付けとか面倒になるだろ？　俺はお金もそれなりにあるし、これまで通り宿屋で……ん？」

俺がそう口にすると、水を打ったように静かになってしまった。まるで時間が止まったようだ。

リズとラフランは、目を丸くして俺を見ている。

その表情は驚きというよりは、絶望に近かった。

何か失言してしまった？　お金あるアピールにドン引きされたとか？

みんなと一緒より宿屋のほうが快適だと言ったように聞こえてしまったのかもしれない。

「あー、えっと……」

「お兄さん、どこかへ行っちゃうんすか？」

リズが前のめりになって質問してきた。続けてラフランも。

「出ていってしまうんですか？　いつですか？」

その表情は、必死だ。

どうやら彼女たちが驚いたのは、お金とか宿屋のことじゃなかったらしい。嫌なやつだと思われたわけじゃなくてホッとする。

「いつかはわからないけど、そのうちかな？　俺は旅人だし、ここへも偶然立ち寄っただけで目的があって来たわけじゃないんだ。元々一週間くらい滞在して、別の街へ行こうかなーと思ってたんだけど、思いのほか居心地がよくてさ。気付けば一週間なんてあっという間に過ぎてたよ」

一人ならとっくに次の街へ旅立っていたかもしれない。

彼女たちとの出会いが、俺をここに留まらせた。

だが、もう彼女たちは大丈夫だ。

今回の一件をギルドは高く評価し、俺とルリアはAランクに、リズとラフランはBランクに昇格した。

これで俺がいなくても、彼女たちだけでBランクの依頼を受けられる。

彼女たちの実力ならそれだって余裕で熟せるだろう。

拠点を手に入れ、生活の基盤は整った。ルリアが俺に語ってくれた夢に近付いたんだ。

「俺がいなくても大丈夫だろ。ここで平和に穏やかに暮らせる準備は整った。ここは君たち家族の場所だ。俺は他人だし、ここに残る理由がもうないんだよ」

「――嫌」

微《かす》かに、声が聞こえた。ルリアのほうから。

俺は彼女の顔を見る。

ルリアは俺を睨んでいた。初めて出会った時とは違って、瞳を涙で潤ませながら。

そして、振り絞るように言う。

「理由があれば……いいのね？」

「ルリア？」

「前に言ったこと覚えてる？　エルフの掟に従うかどうかは私の好きにしていいって言ったこと」

「……ああ、そんな話もしたな」

二人で野宿の見張りをしている時だったか。眠れない夜、語り合ったことは覚えている。

「私が……そうならいいってことよね」

「え、ちょっ」

ルリアはツカツカと俺の前へと歩み寄ってくる。

思わず下がろうとしたら、強引に胸倉を掴まれた。

そうして彼女は告げる。

「私と結婚しなさい」

「――――！」

プロポーズの言葉を口にした彼女は、怒っているようで、泣いているようで、恥ずかしがっているようでもあった。

いろんな感情や表情が集まって、今の彼女を作っている。

一つや二つじゃ収まらない。こんな複雑な感情を突きつけられるのは、初めての経験だった。

「結婚って、本気で言ってるのか？」

俺がそう聞くと、ルリアは頷く。

「本気よ。そうじゃなかったらこんな話をしないわ」

「……でも俺は……」

「わかってるわよ。あなたは、結婚も、人を好きになることも、わからないんでしょ？　そう言っていたものね」

そうだ。俺には他人を想う気持ちというものがよくわからない。

ずっと一人で生きてきた。

他人は頼れない。馬鹿にしてくるだけの連中を見返せば気持ちがいい。

それくらいしか知らないんだ。

そんな俺が、誰かと一緒になる未来なんて、想像できない。

「だったら私が教えてあげるわよ！　私がどれだけあなたを好きなのか！　これから毎日教えてあげる！　好きな気持ちがわかるまでずっと！」

「――！　ルリア……」

彼女は涙目になりながら、必死に訴えかけてくる。

決して格好いい光景じゃない。

なんなら彼女が俺のことを脅《おど》しているようにすら見えるだろう。

けれど、掴まれているのは胸倉だけじゃなくて、そのずっと奥にある俺の心もだ。

そんな気がする。だって俺は、ここにいる彼女から目が離せない。

「あなたのお陰で夢が叶った！　みんなと暮らせる場所ができた！　どこに行っても馬鹿にされて、のけ者扱いされる私たちに、あなたは普通に接してくれた。よく頑張ったって言ってくれたこと、本当に嬉しかった」

彼女は感情を露《あら》わにする。胸に抱いていた想いが激流のようにあふれ出ているのだろう。

その全てが俺への想いだなんて、信じられない。

だが、彼女は更に続ける。

「一緒にいられる時間がとても幸せだった。きっと私だけじゃ……ううん、私がそうしたいの！　絶対に離れたくないくらい、あなたのことが大切で、大好きなのよ！」

俺の心は、大きく揺れていた。

彼女の想いが、俺の心を包み込もうとしているのを感じる。

いや、それだけじゃない。周囲からも、熱い視線が注がれているのだ。

リズもラフランも、涙目になりながらまっすぐ俺を見つめている。

その瞳が教えてくれる。俺への好意を、信頼の強さを。

他のみんなも一人残らず、俺から目を離さない。

「本当に……」

俺の口からこぼれた言葉に、ルリアはすぐさま反応する。

「全部本心よ！　嘘偽りなんて一つもないわ！」

「……俺は君たちが思っているほど、いい人間じゃないよ。俺なんかより、もっといい人間がいるはずだ」

俺がどういう人生を歩んできたのか、彼女たちは知らない。加えて俺は人間だ。

彼女たちを迫害し、当てのない旅に追いやった者たちと同じ貴族だった。

俺の過去を知れば、みんなはどう思うだろう。幻滅《げんめつ》するだろうか。

この力のことだって、無闇に伝えてはならないだろうし。

そんな不安を吹き飛ばすように、ルリアは笑う。

「馬鹿ね。こんな変な人、他にいるわけないじゃない」

「……ルリア」

「間違えないで。私たちは……私は、あなたがいいの」

彼女の手が、俺の服から離れていく。

言いたいことを全て伝え、あとは俺に選択を委《ゆだ》ねてくれた、ということなのだろう。

結婚について、ちゃんと考えたことがなかった。

いつかはするかもしれないと、漠然と思ったことはある。

けれど、俺なんかと一緒になる相手が想像できなかったんだ。

そんな相手はどこにもいないと思っていた。

でもそんな人が、目の前にいる。

驚きもある、嬉しさもある、悩みもある。

俺なんかでいいのかと、どうしても考えてしまうのだ。

でもただ一つ、確かに言えることがあった。

長い長いこの先の人生において、これ以上の出会いは、きっとない。

もしもこの世に、運命なんてものがあるのだとしたら。

――これが運命の出会いなのだろう。

「そこまで言われちゃ仕方ないな」

「アスク？」

俺はルリアの頬に触れ、流れる温かな涙をそっと拭《ぬぐ》う。

「初めてのキスを奪った責任、ちゃんと取るよ。じゃないと男として格好悪いからな」

「――いいのね？」

「ああ。不束《ふつつか》者だけど、これからよろしく頼むよ」

「……ええ」

ルリアは涙を流しながら、嬉しそうに微笑んだ。

俺もつられて笑う。

「でもそのセリフ、普通は私が言うべきなのよ」

「仕方ないだろ？　そっちが先にプロポーズしちゃったんだから」

「待っていたら、プロポーズしてくれたの？」

「それは……どうかな。あまり自信ないな」

「あなたらしいわね」

そう言ってルリアは、呆れたように笑った。

俺らしい、か。そう言ってくれた相手は、ルリアが初めてだった。

「あとになって後悔するなよ」

「絶対にしないわ。あなた以外、考えられないから」

「……そうか」

俺たちは優しく手を取り合った。

それは友好を示す握手ではなくて、互いに支え合おうという決意の証明。

俺が掌を差し出し、彼女がその上に手を置いた。

すると……。

パチパチパチ――

周りから、拍手が起こる。

「おめでとう！　ルリアお姉ちゃん！　アスクお兄さん！」

「おめでとうございます！　よかった……これからも一緒にいられて」

リズは嬉しそうに一番大きく手を叩き、ラフランはボロボロと涙を流して喜んでくれた。

みんな俺のことを大切に思ってくれていて、好きでいてくれている。

その事実が、とても嬉しい。

「これからは、あなたも家族の一員よ」

「家族……か」

それは俺が自ら捨てたものだった。そして、もう二度と手に入らないと思っていた。

「ようこそ、私たちの家へ」

ルリアの言葉に、俺は頷く。

「――ああ、ただいま」

こうして俺は、新しい家族を手に入れた。

◇◇◇

俺は家を飛び出した。

十数年分の報復のために、我慢しつくした果ての目いっぱいな自己表現として。何もかもを捨て去って自由な世界へと。

元より多くを持っていなかった俺と家の唯一の繋がりは、名前だ。

マスタローグの名を捨てるのは、家族であった事実を手放すことに等しい。

覚悟の上？　まさか。そんな大層なもんじゃない。

だって初めから、あの人たちのことを家族だと思っていなかったから。

それでも形式上は家族だった。俺の家族は彼らだった。俺の家族は彼らであり、捨ててしまえば二度と戻らない。

時折、夢に見ることがある。もしも俺が普通に生まれて、普通に育って、普通に愛されていたら。

なんて有り得ない夢を。

そうしたら幸福だったのだろうか？　あの屋敷で……笑って暮らせていたのだろうか？

いつも決まって、自分の顔が鏡に映ると、現実に戻される。

その笑顔は心からの物でなく、張りぼてだったから。

そんな俺にも……。

「いい加減に起きなさいよ。もう朝よ」

「う……う……朝？」

「そうよ。お日様が顔を出しているでしょ？」

「……ルリア」

ルリアがベッドの横で、呆れた顔で俺を見下ろしていた。

「野宿の時は感じなかったけど、あなたって意外と朝に弱いのね」

「……ベッドで寝ると安心し切ってしまうのかもしれないな。起きるのが億劫《おっくう》になることがある。寒い日は特に」

「しっかりしなさいよ。あなたが起きてこないと、朝食が冷めちゃうわ」

「わざわざ待っていてくれたのか？　別に先に食べてもいいのに」

「駄目よ」

そう言って俺から布団を取り上げて、ルリアは無理やり腕を引っ張り上げる。

強引だけど優しい。そんな彼女から、ほのかに朝食の香りがする。

「家族なんだから」

「――そうだな」

俺はルリアと結婚した。

エルフの掟では、初めてキスした相手と生涯添い遂げることになっている。

それ故――と言うと嫌々に聞こえるだろうが、そんなことはない。

俺はベッドから降りて、背伸びする。

「着替えたらすぐ行く。もう少し待っていてくれ」

「わかったわ。すぐに来なさいよ」

「ああ」

ルリアが部屋を出ていく。

ここは俺の部屋だけど、俺だけの部屋じゃない。俺とルリアの、夫婦の部屋だ。

「家族か」

一生縁のない言葉だと思っていたけど、何が起こるかわからないな。

俺は支度して、一階に降りる。食堂に行くと、既にみんなが待っていた。

「おっはよう！　アスクお兄さん！」

「旦那さんはお寝坊さんだね～みんな待ってるよ」

「おはようございます。アスクさん」

俺は頭を下げつつ、食卓に着く。その隣にはルリアがいる。少しむず痒《がゆ》い。

「それじゃ、いただきます」

ルリアの声を聞いて、手を合わせる。

一つの長いテーブルに、少し詰めて二十人が座っている。

ちょっぴり狭く感じるけど、嫌じゃない。

そんなふうに考えつつ朝食を食べていると、ルリアがじっと見てくる。

なんだか居心地が悪かったので、俺は彼女に聞く。

「どうかした？」

「別に何も」

「ふふっ、今朝の朝食はルリアちゃんも手伝ってくれたんですよ。だから気になっちゃうのよね？

旦那さんの感想が」

「ちょっとおばあちゃん、言わない約束！」

ルリアが顔を真っ赤にして慌てている。普段、家事は老人たちの仕事だった。

ルリアたちが冒険者の仕事でお金を稼ぎ、残った者で家事を分担する。

そう役割を決めていたのに、今更どうしたのだろう。

ルリアは恥ずかしそうに語る。

「結婚したんだから……家事もできるようになったほうがいいと思ったのよ」

「そっか。だから起こしてくれた時に料理の香りがしたのか……ははっ」

「な、なんで笑うのよ。そんなにおかしい？」

「いや、嬉しくてさ。俺のために頑張ってくれたんだろ？　そんなことしてくれたの、ルリアが初めてだ」

マスタローグ家にいた頃も、家事は使用人がやっていた。

けれど、あれは俺のためじゃない。お父様に言われて仕方なくやっていただけだ。

だからこそ俺のためを思って頑張ってくれたことが特別で、嬉しい。

「そのうちルリアの手料理が食べられるってことか。いいこと聞いたな」

「あ、あまり期待しないでよね。得意じゃないから」

「気長に待つよ。時間はたっぷりある」

俺たちは互いに十六歳。子供から大人になったばかりで、これからの人生のほうがずっと長い。

そう、長い時間を一緒に過ごすのだ。

「なぁルリア、今日は休みだし、このあと少し話さないか？　二人で」

「いいわよ」

そうだ、ともに人生を歩んでいく上で、伝えねばならないことがある。


朝食を終えて、俺はルリアを連れて散歩に出かける。

屋敷がある場所はサラエの街の外れで、ほとんど民家もないし、人もいない。

お陰で彼女も顔を隠さずに出歩ける。

「立地に関しても気を遣ってくれたんだろうな」

「そうね。あの人、意外といい人なのかしら」

「いや、単に合理的なだけだと思うぞ。悪い人でもないがな」

他愛《たあい》ない会話をしながら歩いていると、屋敷から離れたところで、一本の木を見つける。

休憩がてら、俺たちはその陰に座った。そして俺から口を開く。

「聞いてほしいのは、俺の昔のことだ」

「話してくれるの？」

「ああ、知っていてもらわなきゃいけないことだからな。いいか？」

「ええ、知りたいわ。私も」

それから、俺は語った。

どこで生まれ、どんな運命を背負い、この地までやってきたのか。

全てを語る……わけにはいかなかった。俺の中にいる王様たちのことは、まだ話せない。

隠し事をする心苦しさをぐっと堪えつつ、俺は話を結んだ。

「貴族だったのね」

ルリアは話を聞き終え、真っ先にそう口にした。

「ああ。ガッカリしたか？」

「別に、前の家なんて私には関係ないわ。あなたがどこの誰でも、私はあなたがいい」

「ルリア……」

彼女ならそう言ってくれると思っていた。

そして――

「だからいいのよ。いつか、全部話してね」

「――ああ」

彼女は気付いている。俺がまだ何かを隠していることを。

「察しのいい娘《むすめ》だな」

俺は心の中で答える。

そうですね、サラマンダー先生。だからこそ、まだ話せない。彼女たちを余計な不幸に巻き込まないように。

「気負うことはない。夫婦とて秘密の一つや二つ抱えておろう。のう？　アスク坊」

そうでしょうか。俺にはよくわからないですよ、ノーム爺。

「あの子ならわかってくれるわ」

そうだといいなと思っていますよ、ウンディーネ姉さん。

「とってもいい子だネ！　素敵なお嫁さんでボクも羨ましいヨ！」

ははっ、あげませんよ？　シルにだって。

うん、精霊王様たちもルリアを気に入ってくれてよかった。

それから俺とルリアは遠回りしつつ、屋敷に帰った。

第七章　小さな魔王

朝から身支度を整え、屋敷を出発する。

隣には妻になったルリアがいて、その後ろにはリズとラフランがいる。

俺たちは見送ってくれている屋敷のみんなに、手を振る。

「行ってくるっすよー！」

元気いっぱいに手を振るリズ。屋敷を手に入れ、生活の基盤は整った。

けれど、働かなくてもいいほど裕福になったわけじゃない。

生活するにはお金がいる。

加えて屋敷を維持するための資金も必要になったわけだし。

これから何が起こるかわからない。お金が必要になった時に困らないように、俺たちは仕事に励むのだ。


ギルドに到着する。

いつものように扉を潜り、カランというベルの音が響く。

一瞬だけ注目されて、みんなの視線が不自然に外れた。

あの一件以来、誰もルリアたちのことを嘲笑ったり、蔑んだりしてこなくなった。

無理難題をクリアした功績は、彼らにとっても衝撃的だったのだろう。

賭けに負けた彼らは、俺たちに逆らうことができない。

俺は謝罪させるつもりだったけど……。

『形だけの謝罪なんていらないわ』と、ルリアに断られてしまったので保留にしている。

実際その通りだと思う。無理やり謝らせてもスッキリしないもんな。

それより、伸び伸びと冒険者として活動できることの方が重要だ。

掲示板の前に立つと、ルリアが俺に尋ねてくる。

「どの依頼にする？」

「そうだなぁ……」

俺とルリアがAランクに昇格したことで、パーティーとしてはAランクの依頼の受注が可能になった。

特殊な条件を満たさなければ昇格できないSランクを除けば、Aランクが冒険者の最上位だ。

掲示板に張り出されている依頼も、Aランクまでしかない。

難易度は跳ね上がるが、Bランク以下と比べて破格の報酬がもらえるものが多い。

「報酬はどれも多いけど……結構遠いところまで行かなくちゃいけないんだな」

そんな俺の言葉に、ルリアが頷く。

「そうね。往復だけでも結構な時間だわ。受けられても一つね」

「一番近いところにするっすか？　どれっすかね」

ラフランが指をさした先にあるのは、Aランクの依頼書──内容は、森の番人エントの討伐。

「これだと思います」

「エントがいるのか。珍しいな」

名前は知っているけど、実際に見たことはない。

エントは森の番人と呼ばれる、樹木の巨人だ。

生息地はサラエの街の南方。彼女たちが野宿していた湖を越え、更に奥にある森の中に棲息している。

近くには荷物の運搬に使われる街道があるが、現在はエントの影響で使用できなくなっているそうだ。

というわけで、依頼者は商業組合だった。

外部の依頼だから報酬もかなり高い。

「これにするか」

俺の言葉に、ルリアが頷く。

「そうね」

依頼書を手に取り、受付カウンターに持っていく。

すると、受付嬢が気持ちのいい笑顔で挨拶してくる。

「おはようございます。受注する依頼はお決まりですか？」

「はい。これを」

「エントの討伐ですね。かしこまりました。ただいま受理させていただきます」

時間にして十数秒で依頼は受理された。

受付嬢は言う。

「お気を付けて行ってらっしゃいませ。近頃、その付近には妙な噂がありますので」

「妙な噂？」

受付嬢は深刻そうな表情で頷き、語り出す。

「真偽のほどは定かではありませんが、その森を越えた先、山の麓《ふもと》に魔王を名乗る悪魔が出現するらしいのです」

「魔王？」

「それは本当なの？」

「はい。ただ、あくまで噂ですが」

俺とルリアが聞き返すと、受付嬢は即答した。

魔王という単語を聞いて、ルリアの表情が険しくなる。

「それが事実ならSランクの案件ね」

「はい。ですが先程述べた通り、真偽が不明なので、ギルドとしても対応に困っています。Sランクの冒険者は数が少なく、現在サラエにはおりませんし」

「それでもその噂が本当だったら、相当危険よね」

「なぁルリア、魔王ってそんなに強いのか？」

俺がさらっと疑問を口にすると、ルリアと受付嬢は目を丸くする。

ルリアが、俺に尋ねる。

「あなた、魔王を知らないの？」

「名前くらいは知っているけど、どういう存在なのかはよくわかってないんだ。そもそも悪魔っているのか？」

受付嬢は頷く。

「存在します。かつてギルドからも何度か討伐依頼を出しています。そのたびに多大な被害を出しているため、悪魔が関係する物は全てSランク依頼になるのです」

「悪魔の一人と戦うくらいなら、魔物の大群と戦ったほうがずっとマシだと言われてるわね」

ルリアはため息混じりにそう語った。

つまり魔物以上の理不尽な強さを持つ種族、というわけか。

ここで一つの疑問が浮かぶ。

「そんなに強かったら、あっという間に悪魔に国が制圧されてしまわないか？」

「数が極端に少ないのです。単体の強さは飛び抜けていても、大国を敵に回せるだけの戦力はありません。そもそも、悪魔同士は協力し合っているわけではないようですし」

受付嬢の答えに、納得する。

「数には勝てないってことか」

「とはいえ、個の強さがずば抜けているのは確かですし、もし彼らが真に協力すれば、国も危ないでしょうね」

アルベスタ王国が持つ戦力は、俺も理解しているつもりだ。

兄さんが通い、俺が嫌がらせで受験した学園のように、優れた魔法使いを育成する機関もある。

教育設備は充実し、もろもろの道具も揃っている。

それでも国が墜《お》ちる可能性があるというのは、結構衝撃ではある。

受付嬢が、念を押してくる。

「もし事実だった場合は、こちらに報告をお願いします。そしてくれぐれも戦闘は避けてください」

「……わかりました」

俺はそう答えた。

そして気を引き締めつつ、俺たちはギルドをあとにした。

◇◇◇

ギルドを出発した俺たちは、南へ下る。

ちょうど野宿をしていた湖の近くを通りかかると、なんだか懐かしい気持ちになる。

「信じられないっすねー。少し前まで、ボクたちここで暮らしてたんすよね」

リズが両腕を広げて言う。

彼女が立っている場所にテントを張り、焚火を燃やして夜を過ごしていた。

屋敷に移る際に綺麗に掃除したから、今やその痕跡《こんせき》すらないけれど。

「夢みたいっすね」

「どっちがだ？」

「もちろん今の生活がっすよ！」

リズは元気いっぱいに答える。

「雨に濡れる心配もなし！　魔物に襲われる危険もなし！　最高じゃないっすか！」

「見張りもいらなくなりましたね」

ラフランも、しみじみとそう言う。

これまでの苦労を頭の中で思い返しているのだろうか。

野宿は危険が多い。街に近付けなかった彼女たちは、魔物がいつ襲ってくるかわからない場所で生きるしかなかった。心から安眠できたことなんて一度もなかっただろう。

俺にとっては当たり前のことも、彼女たちにとっては特別だった。

雨風を凌《しの》げる屋根があって、綺麗な水をいつでも飲めて、温かいお風呂にも入れて、ふかふかのベッドで眠ることができる。

思えば俺の以前の生活では、それらが全て揃っていた。

彼女たちに比べれば、俺は恵まれて育ったのだ。

「帰りが遅くなると、みんなが心配するわ」

ルリアの言葉に、リズとラフランが頷く。

「そうっすね」

「頑張りましょう！　この生活を守るためにも」

「――そうだな」

俺も頑張ろう。新しくできた居場所を、家族を守るために。

◇◇◇

湖の辺に沿って更に南へと進んでいく。

徐々に、植生が変化していく。一本一本の木々が太く大きくなっていっているし、木の根が露出しているのが見える。

それからしばらく歩くと、気付けば見上げるほど大きな樹木に囲まれていた。

青空が、森の緑で隠れてしまった。

左右を見渡せば、ぶっとい木の根がのたくっている。

「小人になった気分だわ」

歩きながら、ルリアがぼそりとそう口にした。

俺も同じことを考えていたところだ。これが小動物が見ている世界なのだろうか、なんて。

ただの樹木が、巨大で不気味に見える。

俺が両手を広げても全く足りない太さの木々がたくさん生えている中で、ひときわ太くて大きな樹木を見つけた。他の木々よりも色が濃く、形が整っている。

リズがクンクンと匂いを嗅《か》ぐ。

何かに気付いたようで、彼女はこちらを振り返る。

擬態を見破られたからか、その木の存在感が増す。

「なぁルリア、もしかしてこれ……」

「ええ、見つけたわね」

直後、眼前の樹木がうごめきだす。

俺たちは樹木から距離を取る。

樹木はうねり、周囲の木々を取り込んで形を変えていく。

見上げるほどの背丈に、太い手足と赤く光る瞳。

これぞ森の番人――樹木の巨人、エントだ。

あと数歩前に出ていれば、俺たちは根で絡め取られて一網打尽《いちもうだじん》にされていたかもしれない。

「エントは賢人とも呼ばれていて、魔物の中でも極めて高い知能を持っている――そう知っていてもこれは普通、気付けませんね」

ラフランの言葉に、俺たちは頷く。リズは少し得意げな顔をしているな。

そう、エントの情報は予め共有してある。そして、遭遇《そうぐう》してからの作戦も。

「それじゃ手筈《てはず》通りに」

俺の言葉に、ルリア、リズ、ラフランが返事する。

「ええ」

「はいっす！」

「行きます！」

それから、俺とルリアとリズが散開する。

その場に残ったラフランは水を生成して霧《きり》状に変化させ、周囲へ散布する。

「アイシクル！」

続けて凍結魔法を発動させた。

ラフランが生み出した冷気は漂う霧を凍結させ、周囲の木々をカチコチに凍らせる。

エントは樹木の怪物だ。周囲の木々を操って戦う。

凍結魔法を使い、その動きを封じてしまえというわけだ。

先にエントの武器を封じ、そのままエント本体の動きも鈍らせる。

ラフランが凍結を維持している間に、近接戦闘組の俺たちがエントを倒す作戦である。

「ウィンドダンス」

ルリアは舞うように、風の斬撃を無数に飛ばす。

それはエントの身体を斬り裂くが、瞬時に治癒されてしまう。

「地面の根からエネルギーを吸収して、回復に充《あ》てているみたいね」

「任せるっすよ！」

リズはそう口にするとエントの足元に潜り込み、その片足に抱きつく。

「よいっしょっと！」

そのまま怪力を発揮。エントの片足を持ち上げて、地中で木々と繋がっていた根ごと引っこ抜いた。

「今っすよ！」

「ああ」

俺はエントの頭上に跳び上がり、脳天に剣を突き刺す。

エントを構成するのは樹木。ならば弱点は明らかだ。

「行きますよ、先生」

「おう」

突き刺した剣の切っ先から、炎を流し込む。

周囲に影響が出ないように、エントを内側から燃やし尽くす。

エントはもがきながら膝をつき、身を焦がしながら倒れていく。

エントにはゴーレム同様、身体のどこかにコアと呼ばれる心臓部分が存在している。

炎でコアごと燃やした。これで再生することはないだろう。

「アスクさんって炎の魔法も使えたんですね」

「まぁね。人より魔力が心もとないから、普段は使わないようにしてるけど」

まぁ、これは方便だが。

ルリアは同じ精霊使いだから、きっとこれが嘘だと気付いているだろうが、尋ねてこない。

俺の意思を尊重して。本当によくできた妻だ。

エントが完全に燃えて炭になり、炎が消えるまで見守ってからギルドに連絡する。

コアを破壊すると、有用な素材は残らない。あとは燃えカスの残骸《ざんがい》を処理するだけだ。

「ギルドには連絡したわ。さて、依頼も終わったことだし、帰りましょう」

ルリアの言葉に、リズとラフランは笑顔で頷く。

「そうっすね」

「無事に終わってよかったです」

「……」

ルリアたちが帰り道へ足を向ける中、俺は真逆の方角を見つめる。

すると、それに気付いたルリアが聞いてくる。

「アスク？」

ふと、ギルドで聞いた噂のことを思い出す。

この森を更に南へ向かった先では、魔王を名乗る悪魔が現れると。

「どうかしたの？」

再度ルリアが声をかけてきたので、俺は小声で答える。

「……ちょっとな」

この先には街や村があるわけじゃない。大きな山があって、その麓には特に何もない。

少なくとも地図上には何も。

なぜそんな場所に魔王がいるという噂が立つのか。

本当にいるのだとしたら、どうして街の近くではなく森の奥に潜んでいるのか。

どうやら俺は一度気になってしまうと、確かめずにはいられない性格らしい。

「みんなは先に帰っていてくれ。俺は少し様子を見てくる」

「え、様子って、なんのっすか？」

「――！　まさかアスクさん、噂を確かめに行くつもりですか？」

ラフランが俺の意図に気付き、そう聞いてくる。

俺が頷くと、リズとラフランは目をまん丸くして、詰め寄ってくる。

「駄目っすよ！　危ないって言われたじゃないすか！」

「そうですよ。もし本当にいたら――」

「それを確かめておきたいんだよ。事実なら街に危険が及ぶかもしれない。そうなれば、せっかく手に入れた屋敷もどうなるか、わからないだろ？」

「それはそうっすけど……」

心配そうに俯《うつむ》くリズ。

俺はそんな彼女の頭に、ポンと手を載せる。

「心配するな。様子を見にいくだけだ。戦いを挑むわけじゃない。いざとなったら全力で逃げるさ。俺が強いことは、みんな知ってるだろ？　相手が魔王でも、逃げるくらいわけないさ」

俺は同意を求めるように、ルリアに視線を向ける。

彼女は俺をじっと見つめ、呆れたようにため息をこぼした。

「行かせてあげましょう」

「ルリア姉ちゃん、いいんすか？」

「いいわよ。どうせ止めてもいつか一人で行きそうだし」

「さすが、よくわかってる」

もし止められたら、夜にでもこっそり抜け出そうかなと考えていたところだ。

そしてそこまで俺のことを理解しているということは、俺の真意にも気付いているはずだ。

だがそれでも、彼女は言う。

「ちゃんと帰ってきてね。じゃないと夕飯はなしよ」

「ホントっすよ！」

「無事に戻ってきてくださいね」

リズとラフランも本当に心配そうにそう言ってくれた。

「ああ、夕飯までには帰るよ。飯抜きは嫌だからな」


こうして俺はルリアたちと笑って別れ、単身、森の奥へと進んでいく。

静かな森を歩いていると……。

「本当に戦う気はないのか？」

サラマンダー先生が話しかけてきた。普段は彼女たちがいて気軽に話せなくなった分、一人になると、積極的に話しかけてくる。ちなみに質問の答えはもちろん決まっている。

「まさか。本当にいるなら戦いますよ」

「そうだろうな」

「あの娘には気付かれておったのう、アスク坊」

「ですね」

ノーム爺も気付かれたことに気付いていたらしい。

爺は笑いながら、聡《さと》い娘だと感心していた。

俺は、話題を変えることにした。

「精霊王様たちは、魔王をご存じですか？」

それに答えたのは、ウンディーネ姉さんだ。

「妾たちも詳しくは知らないわ。ただ、悪魔のことなら知っている。あれは闇の精霊から派生した種族よ」

「闇の精霊……」

「妾たち四大精霊とは異なる生まれを持つ精霊よ」

以前、王様たちに精霊について教えてもらった。

この世に精霊は五種類存在する。俺と契約している四大精霊王の四属性ともう一つ、闇の精霊。

それは、彼らよりもあとに生まれた精霊だった。

四大精霊が大自然から生まれたのに対して、闇の精霊は生命から漏れ出す魔力の集合体だ。

自然から生まれた精霊と、生命から生まれた精霊。

出自が異なる彼らはじきに、対立した。

それについてサラマンダー先生はこう語る。

「やつらの力は危険だ。それに生命が増えるほど闇の精霊は多くなり、勢力を増す。生命の総量が年々増えているため、やつらの存在はいずれ世界のバランスを崩してしまう。故に我らはやつらの発生を抑えている」

ノーム爺が続けて言う。

「しかし、あやつらは抜け道を見つけよった。精霊ではなく、新たな種族に進化しよった。それが悪魔という存在じゃよ」

「悪魔の元になっている闇の精霊は、生き物から漏れ出た魔力の集合体よ。感情の高ぶりから漏れ出た魔力が種になっている。だから負の感情に支配されていることがほとんどなのよ」

「嫌な思いをすると魔力が漏れるんだヨ。そういうのが集まって生まれた存在だから、彼らは本質的に命あるものを敵視しているのサ。ボクらは昔から、なんとかして闇の精霊を完全に抑え込む方法を探しているんだヨ」

そんな姉さんやシルの言葉を聞いて、俺は頷く。

「そうだったんですね」

闇の精霊の出自は知っていたけど、その後どう進化してきたのかは初耳だった。

どうして王様たちは黙っていたのだろう。その疑問の答えは、俺が尋ねる前に姉さんの口から語られる。

「隠していたわけじゃないわ。ただ、知らないならそれでいいと思っていたのよ」

「ごめんネ。これはボクたちの問題だから、アスクには気にせず生きてほしかったんダ」

シルはしょんぼりしながら、俺の前で頭を下げた。

彼らなりの思いやりか。

ならば俺も怒ることはできないし、むしろ気遣いに感謝する。けれど、やっぱりこうも思う。

「水臭いじゃないですか。俺はみんなの契約者ですよ？　だったら俺にも協力させてください。闇の精霊のこと……元が俺たちから生まれたのなら、無関係じゃないでしょ」

「……そうだな。いつまでも子供扱いは失礼だった」

「よき妻ももらったようじゃしのう」

先生と爺の言葉に、俺は頷く。

ルリアたちは俺にとって、新たにできた家族だ。

でも精霊王様たちはそれ以前に、契約で結ばれた特別な相手だ。

俺をここまで育ててくれた恩人でもあるし、親のようにすら思っているしな。

だから、恩返しをしたいんだ。

これから赴く場所に、もしも魔王が……そうでなくとも悪魔がいるとしたら。

止めてやる。それが彼らへの恩返し、その第一歩になるだろうから。


不気味な気配のする方へと進む毎に、その気配が濃くなっていく。

俺は小声で言う。

「この先に、何かいる」

動物じゃない、人間でもない、魔物ですらない、何かが。

今まで感じたことのない独特の気配だ。

それほど大きくはないけれど、明らかに異質なそれに、自然と肩に力が入る。

そして更に進むと――

「やっぱり建物があったのか」

山の麓の森の中に、古びてボロボロの屋敷が建っていた。

ノーム爺の力で何か建っている気配は感じたけど、まさか本当にこんな場所に建物があるとは……しかもかなりの大きさだ。

俺たちが今暮らしている屋敷の二倍はある。サラマンダー先生が呟く。

「中にいるぞ、アスク」

「ええ、わかっています」

屋敷の中に一つ、異質な気配を感じる。

俺は屋敷の前で少し考えた。

このまま敵地に乗り込むより、外から屋敷を破壊したほうが早そうだな、と。

見たところ、魔法による防壁もない。破壊するだけなら一瞬で終わる。

ここまで近付いているのに、向こうから何か仕掛けてくる気配もないし。

誘っているのか、それとも単に浅はかなのか……。

「まぁいいか」

いろいろ考えは浮かんだが、今回は堂々と中に入ることにした。

相手が本当に悪魔なのかも確かめていない。万一中にいるのが一般人だとしたら、ことだ。

どうやら精霊王様たちも、気配だけでは悪魔かどうか確定できないようだし。

屋敷内部に侵入する。

中は埃っぽくて、外観同様ボロボロだった。

玄関を入ってすぐ、広いエントランスがある。

「これ……明らかに壊されているな」

エントランスは天井や壁を意図的に破壊して、広くしていたのだとぱっと見でわかる。

壁もいくつかぶち抜かれている。まるで戦うために作った空間のように。

「──よく来たな人間！」

どこからともなく、声が響いた。

甲高く自信に満ちた声だ。幼さを感じるが、性別はどちらかわからない。

そもそも悪魔に、性別ってあるのだろうか。

俺は聞き返す。

「お前が魔王か？」

「いかにも！　オレ様が恐怖の魔王、バーチェだ！」

一人称的に男か？

それにしては女っぽいというか、子供っぽいというか……。

ともあれ、第二声にして音による空気の振動から、声の主が正面の扉の中にいると割り出せた。

「この先か」

一歩踏み出そうとすると、バーチェの声が響く。

「待て人間！　このオレ様と戦う気か？」

「それはお前次第だ。お前の目的が、世界征服《せかいせいふく》とかなら放っておけないからな」

「もちろん世界征服だ！　オレ様は魔王だからなぁ！」

「──そうか。なら話し合いも無理そうだ」

更に一歩前に出た——瞬間、天井から熱気を感じたので、後方に跳んで避ける。

上の階から天井を燃やしながら登場したのは、炎に包まれた獣。

「なんだ？　魔物？」

見た目は狼に似ているが、大きさが違う。体高は俺の三倍ほどだろうか。

それに、全身が紫色の炎に包まれている。こんな魔物は見たことがない。

「そいつはオレ様のしもべだ！　オレ様と戦いたいなら、まずそいつを倒すんだな！　どうせ無理だろうけど」

「なるほど……力試しってやつか」

面白い。魔王を名乗る悪魔のしもべか。相手の実力を測る天秤《てんびん》になるかもしれない。

俺は少し期待した。最近あまり全力で戦う機会がないから、この機会に思いっきり暴れられると。

実はこの間の一件も不完全燃焼《ふかんぜんねんしょう》だったし……。

精霊王様たちにもストレスをかけてしまっているだろうし、ここで発散しよう。

そう思い、俺は一発拳を叩き込み——

「……嘘、だろ……？」

キャウーン……。

格好よく現れた魔王のしもべは、犬みたいに腹を見せて服従のポーズを取っている。

「嘘だろ、はこっちのセリフだ。まだ一発殴っただけだぞ」

それだけであっさり負けを認めてしまうなんて……。

確かに手加減せずに思いっきり殴ったけど、一発だぞ？

戦闘開始から僅か三秒だ。拍子抜けもいいところだろ。

とどめを刺すことすら馬鹿らしくなって、俺は降伏している獣の横を通り過ぎる。

「これじゃ天秤にもならない。次は直々《じきじき》に相手をしてもらうぞ」

「ま、待て！　まだ終わってない！　おい！　ちゃんと相手しろよ！」

「クゥーン」

「無理じゃない！　いいから戦ってくれ！」

バーチェは明らかに慌てていた。先ほどまでの魔王らしい話し方や態度はどこへやら、小物感が漂っている。既にオチが見えているが、それでも期待を胸に扉を開ける。

そこにいたのは、子供だった。

褐色《かっしょく》の肌に赤い瞳。頭から角《つの》を生やし、お尻から尻尾が伸びている。背中には小さな翼が生えていて、人間ではないことはわかる。

間違いなく悪魔だ。ただ、どう見てもこれは……。

「弱そうだな」

「な、なんだと！」

これは駄目な気がする。

背丈も低く、見た目はリズたちより幼く見える。

外見年齢は十二、三歳くらいか。

亜人種に見た目の年齢は関係ないとはいえ、雰囲気や態度から子供っぽさがあふれ出ている。

これで俺より年上だったら、笑ってしまうな。

「お前が魔王って嘘だろ？」

「う、嘘じゃないぞ！　オレ様は魔王だ！」

「いや無理がある。どう見ても弱すぎる。これなら前に戦ったグランドワームのほうが強い」

「あんなイモムシと比べるな！　人間のくせに生意気だぞ！」

犬のようにキャンキャン叫び、魔王もどきは右手の中にグレートアックスを召喚する。

身の丈ほどある巨大な斧を担ぎ、俺に向かって更に吠えた。

「こうなったらオレ様が相手をしてやる！　覚悟しろよ！」

「……いいけど怪我するぞ」

「舐《な》めるなああああああああああああ」

バーチェは正面から突進し、俺に向かって斧を振り下ろす。

が、俺はそれを片手で受け止める。

「なっ……」

「軽い。魔力の総量は多いみたいだけど、全く扱えていない。これじゃ宝の持ち腐《ぐさ》れだな」

「く、くそっ！　まだだ！」

その後もバーチェは果敢《かかん》に攻め込んでくる。しかし悉《ことごと》く失敗。

彼の攻撃は単調で、威力もバラバラでムラがある。明らかな努力不足だ。

実力差が明確なのに挑んでくる度胸だけは認めるが。

「はぁ……はぁ……」

肩で息するバーチェに、俺は半目を向ける。

「もう諦めたらどうだ？」

「うるさい！　オレは諦めない。お前を倒して……オレのしもべにしてやる！　そしたらみんなも……オレはできるって認めさせてやるんだ！」

バーチェは叫びながら突進してきた。

いくら気合を入れたところで、大きすぎる実力差は埋まらない。

しかし涙目になりながらも諦めないその姿に、俺の心が少しばかり動かされた。

「もう十分だ」

「くっ」

俺はバーチェの斧を払いのけ、腕を掴んで組み伏せた。

「これで俺の勝ちだ」

「ま、まだ終わってないぞ！」

「終わりだよ。お前じゃ俺には勝てない。これ以上はやるだけ時間の無駄だ」

「そんなこと――！　え？」

俺はバーチェの両脇を抱えて起こし、立たせた。

「お前、見た目より軽いな。ちゃんと食べてないだろ？」

「……な、なんで？　オレを殺しに来たんじゃ」

「そのつもりだったけど、その気は失《う》せた。子供をいたぶる趣味はない」

「……」

不思議そうに俺のことを見つめるバーチェの瞳をよく見ると、宝石みたいに綺麗にきらめいている。いい瞳だ。

「お前、さっき認めさせるとか言ってたよな？」

「そ、それがなんだよ！」

「こんな場所で一人、魔王を名乗っていたのには理由があるんだろ？　話してみろよ」

「は？　なんでそんなことお前に話さなきゃいけないんだよ」

「いいから話せ。敗者は勝者に従うものだ。それとも本当に決着をつけてほしいのか？」

ギロッとにらんで脅す。少々可哀想だが、悪魔だからいいだろうと開き直る。

こいつも魔王を名乗って襲ってきたわけだし。

「わ、わかったよ。その……」

十五分ほどかけて、バーチェは事情を説明した。

説明は下手な上に長々しく、わかりにくかったが、要約するとつまり……。

「仲間の悪魔に弱すぎて見捨てられたから、強さをアピールして見返そうとしたんだな？」

「み、見捨てられたわけじゃない！　オレが自分で言ったんだ！　強いやつを倒してそいつを奴隷にしてくるって！　そうすればオレだって……」

「……はぁ」

ため息が漏れる。

まるで昔の自分を見ているようだ。俺はこんなにも無鉄砲《むてっぽう》じゃなかったが、それは感情が欠落していたからにすぎない。

もし人並みの感情があれば、俺もバーチェのようになっていたかもしれないな。

「お前、強くなってどうしたいんだ？　本気で世界征服でもする気か？」

「そんなの興味ない！　オレは強さを認めさせたいだけだ」

「本当だな？」

「あ、ああ。それがなんだよ」

「じゃあ、お前、俺と一緒に来るか？」

俺は小さく頷く。

「……え？」

「どうせ戻れないんだろ？　仲間のところには。強くなりたいなら俺が鍛えてやる」

「な、なんでオレが人間なんかの世話にならなきゃいけないんだよ！」

「敗者は勝者の命令に従うんだよ。第一お前をここで放置しておくと、他人に迷惑をかけそうだからな」

それに口には出さないが、放っておけないと思った。

バーチェの苦しみを、俺は理解できてしまうから。

そしてきっと、ルリアたちも理解できるはずだ。

結果悪魔に味方するような物だから、精霊王様たちには悪いけど。

「すみません」

俺が小声で謝ると、サラマンダー先生は優しい声で言う。

「構わん。我らが解決したいのは闇の精霊がこれ以上増え続けること。既に生まれ、生きる者までどうこうしようとは思わん。ましてや争う意思なき子供ならな」

「ありがとうございます。先生」

他の王様たちも同じように思っているようだ。悪魔だから悪いと決めつける必要はないと。

確かにそれじゃあ、亜人を悪と決めつける頭の固い人間と同じだしな。

俺がサラマンダー先生と話しているのを不審に思ったのだろう、バーチェが言う。

「さっきから何をブツブツと……お前、さては変なやつだな」

「お前に言われたくない。いいから行くぞ」

「誰が行くか！　お前なんて――――！」

バーチェは輪《わ》っかのようなものを取り出し、俺の首につけようとする。

俺はそれに気付いて、ひょいと躱《かわ》す。

「避けるなよ！」

「なんだそれ？」

「これはオレ様が作った奴隷の首輪だ！　これをつければお前はオレの命令に逆らえない！　つけ

た相手に服従を誓う、絶対の魔導具だからな！」

「へぇ、そんなのがあるのか。じゃあちょうどいいな」

俺はその首輪をバーチェから奪った。

「あ、返せよ！」

「わかった」

そのままバーチェの首に装着。

「な、な、何するんだよ！」

「返しただろ？　これで俺の命令に逆らえなくなったな」

「どうしてくれるんだよ！　これ、一生外れないんだぞ！」

「そうかそうか……お手」

「ワン！　じゃねぇ！」

「おおー」

本当に命令に逆らえないんだな。これは便利だ。

これでルリアたちも、安心して迎え入れてくれることだろう。

「それじゃ行くぞ。急がないと夕飯に遅れる」

「ふざけんな！　オレはどこにも――」

ぐぅ～……。

バーチェのお腹が盛大に鳴った。すぐにお腹を押さえたが手遅れだ。

恥ずかしさに顔を赤くしている。

「お前の分も用意させる。話は食事のあとでゆっくりしよう」

「……し、仕方ないな。付き合ってやるよ」

こうして、ひょんなことから俺は魔王もどきを拾った。どうなるかわからないが、食卓が賑やかになるのは確実だろう。

第八章　英雄の証明

西の空に、太陽が沈んでいく。

街の中は明かりが灯り始め、仕事帰りの人々が行きかう。俺もその一人だ。

「お、おい！　こんなんで大丈夫なのかよ！」

叫ぶバーチェに、俺は微笑んでみせる。

「心配するな。いつも通りだから」

「こ、これがいつも通りって……普段どんなやつらと一緒にいるんだよ」

「家族だよ。似た境遇のね」

俺の傍《かたわ》らをバーチェが歩いている。

全身を茶色いローブで隠し、顔もフードで覆って。

明らかに不審者だが、誰も気にしない。

俺のことを知っている者ほど自然だと思うだろう。

ルリアたちと一緒にいる時だって、いつもこんな感じだからな。

バーチェは不安そうに、周りをキョロキョロ見ている。

「不審者みたいな動きをしないでくれ」

「う、うるさい！　仕方ないだろ……こんなに人間が多い場所、来るのは初めてなんだから」

「そのうち慣れるよ」

「お、落ち着かねえ……」

これまで隠れ住んでいたのだろう。

悪魔も亜人と同じだ。いや、扱いは亜人よりもひどいだろう。

彼らは明確に人類の敵として認識されている。もし見つかれば報復は免《まぬが》れない。

不安で怯えるのも、無理はないか。

「安心しろ。俺たちが暮らしているのは街の外れだ。人の目は少ない」

「そ、そうなのか。じゃあ安心……って！　オレは一緒に住むつもりはないからな！」

一瞬ホッとした表情を見せたバーチェは、思い出したように反発する。

「オレは飯を食いにきただけだ！」

「はいはい」

ここまで素直についてきたくせに。

子供らしいところもあるな。なんだか可愛げが……。

「あるか？」

悪魔の子供を可愛いと思うのは、普通の感覚だろうか？

少し不安になってきたな。連れてきちゃったけど、ちゃんとルリアたちは認めてくれるだろうか。

最悪無理なら宿を取ることも考えないと。


そうこうしているうちに、俺たちは屋敷の前に辿り着いていた。

屋敷には明かりがついている。

「こ、ここか？」

不安そうに聞いてくるバーチェに、頷く。

「ああ」

「思ったより大きいな。もしかして、金があるのか」

「それなりに」

ここまで来たら、なるようになるだろう。

俺は腹をくくり、屋敷の敷地に足を踏み入れた。

バーチェもテクテクとあとに続く。

そして玄関を開けると、ほわっといい香りが漂ってきた。

「う、美味そうな匂い！」

バーチェは不安そうにしていたのが嘘だったかのように、そう口にして目を輝かせた。

「――あ！　お兄さん、お帰りっす！」

玄関の前を通り過ぎようとしたリズが、俺に気付く。

元気いっぱいに手を振って駆け寄ってくる。

「ちゃんと無事に帰ってきてくれたっすね！　お兄さんなら大丈夫だって……」

そしてリズは、俺の隣にいるバーチェに気付いた。

とはいえローブのお陰で、彼の正体まではわからないだろう。

「ああ、実は――」

「大変っす！　ルリア姉ちゃん！　お兄さんが子供を攫ってきたっす！」

「――は？　ちょ、おい」

「人攫いっす！　お兄さんが悪い人になっちゃったっすよ！」

アワアワと慌て始め、リズが嘆きながら大声を出す。何やら大きな誤解を生んでしまったようだ。

俺は弁明しようと試みる。

「あのな？　別に攫ってきたわけじゃ――」

「は！　きっと悪魔の仕業っす。悪魔に乗っ取られちゃったっすか！　おのれ悪魔め……ボクたちの大好きなお兄さんを返せっす！」

「ちょ、待て待て――」

「落ち着きなさい、馬鹿」

ポカンっと、ルリアが後ろからリズの頭を軽く叩く。

「痛っ、ルリア姉ちゃん」

「取り乱しすぎよ。アスクが人攫いなんてするわけないでしょ？　あったとしても、ちゃんとした理由があるわ」

「うう……そうっすよね……」

ルリアがリズを諭《さと》した。彼女も俺と一緒にいるバーチェの存在に気付いている。

しかし冷静に、普段通りの立ち居振る舞いを見せる。

「お帰りなさい、アスク」

「ただいま」

私は信じている、と、その表情が語っている。

この時、俺は確信した。他のみんなが不安に思っても、ルリアだけは疑わずに信じてくれるだろうと。

そんな彼女はこれまたいつもと同じ口調で言う。

「これから夕食よ」

「ああ。その前に説明したいから、みんなを集めてくれないか？」

「……そうね、その方がいいわね。リズ、みんなを呼んできて」

「はいっす！」

リズが慌てて駆け出し、ルリアも俺たちに背を向けて食堂へ戻っていく。

その後ろ姿を見ながらバーチェが俺の服の裾《すそ》を掴む。

「なぁ、ここにいるのって……みんな亜人種なのか？」

「そうだよ、俺以外はな」

「……」

何か言いたげな表情で、バーチェはルリアの後ろ姿を見ていた。


食堂に行くと既にテーブルにはお皿が並び、あとは料理を運ぶだけの状態。

みんなお腹が減っているだろう。俺も同じだ。

だから手っ取り早く説明しよう。俺はバーチェのフードをすぽっと外す。

「あ、おい！」

慌てたような声を上げたバーチェを無視して、俺は口を開く。

「こいつはバーチェ、見ての通り悪魔だが、今日からここで面倒を見たいと思っている」

室内が静まり返る。さすがにみんな驚いて、声も出ないようだ。

その中で一人、ルリアが俺に質問してくる。

「その子が噂になってた、魔王を名乗る悪魔？」

「そうらしい。といっても、こいつ本人は弱すぎて魔王なんて呼べないがな。実力はルリアたちよりも低いぞ。本当に魔王なら、最弱の魔王だ」

「だ、誰が最弱だ！　まだ成長途中なんだよ！　これから強くなって、お前なんてケチョンケチョンにしてやるから覚悟しとけよ！」

そんなふうに威勢よく言うバーチェの頭をこねくり回しつつ、俺は言う。

「とまぁ、威勢だけはいい子供だ」

みんなの反応を見る。

まだ表情は固く、不安を感じているのが伝わってくる。

「心配なのはわかる。けど大丈夫だ。こいつは悪さができない。バーチェ、お手」

「ワン！　って何すんだこら！」

俺とバーチェのやり取りを見て、リズが目を丸くする。

「え、え？　ワンちゃんみたいにお手したっすよ」

「こんな感じで、こいつは俺の命令に逆らえない状態なんだ。だからこいつの安全は俺が保証する」

そう説明しながら、俺はバーチェの頭を撫でる。

ペットの犬を褒めるように。

「あ、頭撫でんなよ」

そう言いながら、バーチェは一瞬まんざらでもない表情を見せた。

みんながポカンとする中、ルリアが呆れたような声で尋ねる。

「もう少し詳しく説明してもらえる？」

「そうだな。けどお腹も減ったし、食べながら話すか」

「ええ、そうしましょう」

こうして俺らは食卓に着いた。

俺は食事を取りながら、ルリアたちに事情を詳しく説明する。

「……つまり、仲間に見捨てられたこの子が可哀想だから拾ってきた……そういうことね」

「大体合ってるな」

「あなたらしい理由だわ」

「そうか？」

「そうよ」

ルリアはそう言って、またしても呆れたように微笑んだ。

彼女を含むみんなにも、森の奥で何があったのかを伝えた。

最初は食事より話に集中していたけど、子供たちから順番に食事のほうへ興味が移っていくのがわかった。

飽きたのか、安心したのか。

後者だったとしたら、その要因の一つは、こいつがあまりにも楽しそうに食事していることだろう。

「美味い！　美味いなこれ！」

そんなバーチェの言葉に、リズが胸を張る。

「でしょー！　おばあちゃんが作る料理は最高っすよ！」

「こればあさんが作ったのか？」

「そうよ。口に合ったかしら？」

バーチェは豪快に夕食を食べながら、おばあさんの言葉に答える。満足気に。

「めちゃくちゃ美味い！　こんな美味い飯は初めてだ！」

「そうかいそうかい。お口に合ったなら何よりだよ。気持ちのいい食べっぷりを見ていると、作った私たちも嬉しいねぇ」

「早々に馴染《なじ》んだな」

「そうみたいね」

懸念は、夕食を始めてすぐに拭われた。

無邪気で楽しそうに食事をするバーチェを見て、みんなも安心したのだろう。

見た目は悪魔でも、中身はただの子供でしかないのだと。

「一人で生きるのは大変だったでしょう？　ご飯はどうしていたんだい？」

「飯はほとんど食ってなかった。自分じゃ作れないいし、木の実とか探してた。けど全然腹が膨れないんだよな」

「そうかい。たんとお食べ。大きくなるんだよ」

「おう！　ばあさんいいやつだな！」

そんな感じで、特におばあさんに、大層可愛がられている。

最早ここに、バーチェを恐ろしい悪魔だと思う者は一人もいない。

無邪気に笑うその姿は、微笑ましいと思われているに違いない。

「一応聞くけど、バーチェが一緒に暮らすことに反対の意見はあるか？」

「ないっすよ。なんか大丈夫って気がするっす」

「アスクさんが言うなら」

「何かあっても、あなたがなんとかしてくれるんでしょ？」

リズ、ラフラン、ルリアがそう言ってくれたこともあり、結局反対意見は出なかった。

俺は頷く。

「――ああ、ペットの面倒は飼い主が見ないとな」

「だ、誰がペットだ！」

「食べながらしゃべるなよ……」

食事中の礼儀作法も含めて、ここでの暮らしを学んでもらわなきゃいけないな。

そう思い、俺は言う。

「夕飯が終わったら風呂に入れ」

「――！」

バーチェの動きがピタリと止まった。

みんなの視線が、彼に集まる。

俺が代表して聞くか。

「どうした？」

「ふ、風呂には入らない」

「今更遠慮するなよ」

「入らない！」

バーチェは駄々をこね始める。

「い、嫌だ嫌だ！　絶対に嫌だ！」

「なんでだよ。ずっと入ってないんだろ？　ここで暮らすなら、風呂には入れ」

「風呂は嫌いなんだよ！」

「そうかそうか。だったら無理やり入れるしかないな」

バーチェは森の古びた屋敷で過ごしていた。

あんな場所に風呂なんてない。身体は煤《すす》や埃にまみれ、服も汚れている。

「食事が終わったら風呂に入るぞ。わかったな？」

俺が再度そう言うと、バーチェは涙目になる。

「嫌だぁ……」

「怖いなら一緒に入ってやるから」

「い、一緒？　変態かよ！」

なぜ罵《のの》しられなきゃいけないんだよ。

そんな思いを胸に。言い返す。

「どこが変態だ⁉」

「だ、だって……オ、オレは女だぞ！」

「……え？」

そうだったの？

◇◇◇

夜も更けて、みんなが寝静まる頃。

誰よりも最初に寝息を立てているのは、屋敷に来たばかりの彼女だった。

「スゥ……」

「警戒心ゼロかよ」

「よほど疲れていたんでしょ」

ベッドでスヤスヤと眠るバーチェを、俺はルリアと見守っていた。

結局、風呂はルリアに入れてもらった。暴れるバーチェにルリアの指示に従うように命令して。

様子を聞く限り、最初は抵抗していたみたいだけど、わしゃわしゃ洗われ始めたあたりで観念したらしい。途中からめっきり静かになったとか。

「手間をかけてごめんな」

「いいわよ。悪魔も男の人に身体を見られるのは恥ずかしいみたいね」

「だな。というか女の子だったとは……口調からして男の子だと思ってたよ」

「私は最初から気付いていたわよ？」

だったら教えてくれと思ったが、俺が気付いていないとも思っていなかったのだろう。

子供とはいえ、男女の区別すらつかなかったことに、恥ずかしさを感じる。

ルリアは優しい目をバーチェに向けつつ、こぼす。

「この子も……一人だったのね」

「そうらしい。境遇はどちらかというと俺に近いな」

「だから放っておけなかったんでしょう？　いいわよ。きっとみんなもわかっているわ」

「ああ」

そう、わかっている。不安な表情こそ見せていたけど、誰一人として文句を言わなかった。

否定的な意見が聞こえなかった時点で、俺は安心した。

自分が信頼してもらえていることを、改めて感じて。

「けど、これから大変よ。ギルドには言えないでしょう？」

「そうだな。いつかバレるかもしれないな……。まぁあの人のことだ。ちゃんとした理由さえあれば認めてくれそうではあるけど」

ギルドにとって、アトムさんにとって、重要なのは種族じゃない。

利益を得られる存在だと示せばいい。彼女の存在が露見する前に、ここにいていい理由を見つけよう。

「一人は寂しいもんな」

寝息を立てる彼女の髪をそっと撫でる。

僅かにくすぐったそうにするが、バーチェは安心しているようだった。

◇◇◇

本日は晴天なり。雲一つない青空は見ているだけで清々《すがすが》しい。

こんな日は外で運動するに限る。

「うおおおおおおおおお」

「ほいっ」

「ぐへっ！」

バーチェの攻撃を軽々と回避したら、勢い余って彼女は地面に倒れ込んだ。

草原の上だからダメージは小さい。

俺は木剣を肩に担ぎ、うつぶせに倒れているバーチェに言う。

「どうした？　まだ一発も当てられていないぞ」

「……くっ」

「俺を一発ぶん殴るんじゃなかったのか？」

「う、うるさいな！　避けてばっかのくせに、偉そうなこと言うんじゃねーよ！」

プンプン怒りながら立ち上がり、バーチェは顔についた泥を手で拭う。

「大体、なんだよこれ！」

「特訓だよ。見ればわかるだろ」

「だからなんで剣なんだよ！　オレの武器はアックスだ！」

「なんでもいいんだよ。お前の弱っちい身体を鍛えるのが目的なんだからな」

バーチェが悪魔のくせに弱い理由は、単に幼いからというだけじゃない。

人間とは比べ物にならないほど膨大な魔力を持っているのに、上手く魔力を扱えていないのが最大の原因だ。

それは経験不足もあるが、身体が出来上がっていないせいだろうな。

「強大な力にお前の身体が見合ってないんだ。どれだけ大量の水を用意しても、器が小さければ使える量も少なくなる。強い力は強い身体に宿って初めて実力になるんだ。だからまず身体を鍛えろ。そのついでに、戦闘経験も積むんだ」

魔力を満たす器たる自分の身体を自在に操るセンスを磨くことで、おのずと魔力操作の感覚もつかめるようになる。

今のバーチェにはいろいろ足りないところがある。強くなれる道具は揃っているのに、使い方がわかっていない。まぁつまり、心身ともに子供なのである。

「よっぽどあの獣に頼ってたんだろ？」

俺が聞くと、バーチェは言い返してくる。

「べ、別にいいだろ！　あれがオレの権能《けんのう》なんだから！」

「権能……ね」

悪魔には生まれつき、それぞれ特殊な能力が備わっている。

魔法とも精霊術とも異なるそれは、悪魔だけが持つ力――権能と呼ばれる。

バーチェが持つ権能は、自身の魂の一部を切り離して召喚獣を創り出し、使役すること。

あの時、俺を襲った炎の獣は彼女の権能によって生み出された、召喚獣だった。

「召喚獣の強さも、お前の強さに比例して強くなるんだろ？　だったら尚更、お前が強くならなきゃだぞ」

今の彼女が生み出せる召喚獣の強さは、大体Cランク程度の魔物と同等。

並みの冒険者よりは強いが、悪魔の強さを基準に考えると、相当弱い。最弱レベルだ。

俺は言う。

「これでよく魔王を名乗ったな。血気《けっき》盛んな冒険者が討伐に来たら、殺されていたぞ」

「う、うるさいな！　オレだって、必死だったんだよ！」

「他の悪魔を見返すために、だろ？」

「そうだよ！　あいつら、オレのこといつも馬鹿にするんだ。悪魔のくせに弱すぎるとか、魔導具作り以外できない引きこもりとか言うんだ」

文句が次々に出てくるな。

よほど鬱憤《うっぷん》が溜まっていたのだろう。その気持ちはよくわかるよ。

それにしても――

「魔導具か。そういえば、その首輪もお前が作ったんだよな？　魔導具作りって難しいんだろ？　すごいな」

「そ、そうか？　魔導具なら、なんでも作れるぜ！」

ちょっと褒めたら頬を赤らめ、嬉しそうな表情を見せる。

褒められ慣れていないのだろう。

「悪魔なら誰でも魔導具は作れるのか？」

「別にそんなことねーよ。オレが偶々得意だっただけだ。でも、作り方がわかれば誰でも作れるぜ。ただ作り方を考えるのが難しいんだ」

バーチェは自慢げにそう話す。

魔導具作りに関して詳しくないが、マスタローグ家で学んだお陰で知識だけはある。

確か『作り方がわかっても、才能と技術がなければ作れない』って習った気がするが……。

バーチェの口ぶりから察するに、『悪魔であれば、作り方がわかれば作れる』ということなんだろうな。さすが魔法に特化した種族……。

「ん？　ってことは、お前と一緒にいた悪魔は、魔導具の作り方を知ってるのか？」

「え、うん。教えてくれって言われたから教えたぞ？　なんか作戦？　に使うんだって。よくわかんないけど、これで人間を奴隷にできるーって喜んでた」

「……おい」

「え、な、なんだよ？」

なんでもっと早くその話をしなかったんだ！　と、問い詰めたい気持ちをぐっと堪える。

バーチェは悪魔だ。世界征服や悪事に興味がないだけで、人類の味方ってわけじゃない。

故に彼らが何を計画しようと彼女にとっては些細なことで、仲間外れにされている悔しさのほうがずっと強かったのだろう。

「いつだ？　その作戦っていうのは、いつ実行される？」

「えっと、確かぁ――」

バーチェは告げる。

今日から三日後に、悪魔が街を侵略することを。

◇◇◇

夕刻。

俺はルリアたちとともに、冒険者ギルドを訪ねた。

『依頼ではなく、緊急でギルドマスターに伝えねばならないことがある』と告げると、アトムさんはすぐに時間を作ってくれた。

この対応の速さも、これまでの実績からくる信頼の証《あかし》なのだと思うと、気分がいい。

俺が今回の事情について説明し終えると、アトムさんは神妙な顔で聞いてくる。

「……事実ですか？」

「ええ、おそらく。こいつの存在と、その言葉が証明です」

アトムさんの視線は、俺の隣に座っているバーチェに向けられる。

睨むでもなく、訝《いぶか》しむでもない。無機質に彼女のことをじっと眺めるその視線に、バーチェはビクッと震えた。

アトムさんは言う。

「ギルドに悪魔を招き入れるなど、本来はあってはならないことですが……」

「こいつが安全な存在であることは、俺が保証する」

「……わかりました。エレン様の言葉であれば、信用いたします。それに、情報を提供していただけて、非常に助かりました。いささかギリギリではありますが、最低限の対策は取れます」

「そうだな」

バーチェから聞いた情報をまとめると、一緒に行動していた悪魔は他に三体。

彼らは悪魔らしく、闘争と支配を求めていた。

自分たちこそが世界の支配者に相応《ふさわ》しいと考え、人類国家を乗っ取ろうと企んでいる。

しかし現状、人類国家には勝てない。

そんな時、一つの発明品を手に入れてしまった。

「装着者を奴隷にする魔導具ですか……恐ろしい物を作りましたね」

「ヒッ！」

悲鳴を上げたバーチェを庇うように俺は口を開く。

「あまり責めないでやってほしい。こいつに侵略の意思はないんだ」

「だとしても、その機会を与えてしまったことは事実でしょう」

バーチェが作った首輪を使えば、人間を奴隷にすることができる。

魔導具を量産し、街を侵略。人間を捕まえて奴隷にして、人類国家を乗っ取る先兵にするつもりらしい。バーチェ曰く、魔導具の量産は、材料さえあれば可能だそうだ。

「やつらの目的は街を襲い、使えそうな手駒《てごま》を集めることだ。そのためにやつらは近隣にある大きな街をいくつかターゲットにしている。ここもそのうちの一つ」

「三か所でしたね。同時に攻めるつもりでしょうか？」

アトムさんに答えたのは、バーチェだった。

「た、たぶんそうだ。あいつらは腕に自信があるから、街一つくらいなら余裕って思ってる」

「なるほど。そうなると厳しいですね。悪魔が相手ならSランク案件ですが、この街にSランクはいません。同じくターゲットになっている近隣の街から増援を呼ぶのも現実的ではありませんし」

つまり今、この街にある戦力だけで悪魔を迎え撃つ必要があるということだ。

それなら――

「悪魔とは俺が戦おう」

「よろしいのですか？」

「こいつを連れてきたのは俺だしな。その代わり、俺が悪魔をちゃんと撃退したら、こいつもルリアたちと同様に扱ってほしい」

「もちろんです。もしあなたが悪魔を倒せるなら……それは英雄の証明です。英雄には見合った待遇を約束いたします」

アトムさんはニヤリと笑みを浮かべる。この人は始めから俺と悪魔を戦わせるつもりだったのだろう。

あるいは俺がそう提案することを期待していたに違いない。

「この街の命運はあなたに託されました。どうか証明してください。あなたが英雄であると」

「そのつもりですよ」

これはギルドからの依頼ではなく、一つの試練なのかもしれない。

俺が悪魔を倒せる器か否か。

この試練を超えることができれば、俺のギルドでの地位は確実なものになる。

いろいろと問題を抱えている俺にとって、後ろ盾《うしだて》になる存在は必要だ。何より……。

「ここは俺たちが安心して暮らせる街、だからな」

自分の家は自分で守る。

家族の生活を守るために戦うのは、当然だからな。

◇◇◇

決戦の日。

俺らをはじめとして、この街の約八割もの冒険者が悪魔を討つべく構えている。

空は曇《くも》っていて、今にも雨が降りそうな天気だった。

そんな中、街の外周で見張りをしていた一人の冒険者が、異変に気付く。

「み、見ろ！　魔物の群れだ！」

サラエ街の南方、湖のある方角から大量の魔物が侵攻してきている。

本来は群れを作らない種類の魔物も含まれた、大軍勢だ。

その情報はアトムさんにも伝わっており、彼は伝達の魔法を使って全冒険者に言う。

「総員、街の防衛に出てください。これはギルドからの緊急依頼です！」

その声に、周囲の冒険者はやる気を漲《みなぎ》らせる。

「よっしゃ。冒険者人生で初めての大仕事だぜ」

「腕が鳴るな～」

「報酬を期待してるぜぇ」

高ランクの冒険者は魔物の迎撃、ランクの低い冒険者は街の人たちの避難誘導を務める。

「私たちも行くわよ」

「了解っす」

「はい」

そう口にするルリア、リズ、ラフランも地上で魔物たちと戦う。

そんな彼女たちに、俺は言う。

「気を付けろよ」

「あなたもね」

ルリアの言葉に、俺は大きく頷いた。

俺の役割は魔物を指揮する悪魔を倒すこと。故に彼女たちとは別行動だ。

そしてその役目を担うのは、もう一人。

「行くぞ、バーチェ」

「お、おう。本当に戦うんだな」

「ビビってるのか？」

「そ、そんなわけないだろ！　これは武者震《むしゃぶる》いだ！」

バーチェは知っている。これから戦う悪魔の実力を。知っているからこそ戦いの光景を想像して、恐怖を感じている。

だけど彼女は知らない。

「心配するな。俺がいる」

俺がただの人間ではないことを。

この世界でたった一人……偉大なる王たちに選ばれた人間だということを。

地上では魔物の軍勢と、冒険者が戦い始めた。

その光景を上空から見下ろす影が一つ。バーチェの元仲間たる悪魔だ。

「思ったより対応が速いな。一気に中まで攻め込めると思ったんだが……まぁいいか。それじゃ空ががら空きだぜ？」

悪魔が従える魔物は地上だけに収まらない。複数の飛竜種、ワイバーンも悪魔の手中だ。

ワイバーンの群れが、空を舞う。

「行け」

命令に従い、ワイバーンが一斉に街の上空へ飛翔《ひしょう》する。

が、街の中には入れない。透明な壁に阻まれたのだ。

「――――！　結界だと？　この魔力は……」

「どうだ！　オレが作った魔導具はすごいだろ！」

悪魔の前に炎の獣・クゥに乗ったバーチェが姿を見せる。

クゥは彼女が生み出した獣であり、見た目は巨大な狼だが実は狼ではない。

炎の化身――空を駆けることもできる、召喚獣なのだ。

「バーチェ、やっぱりてめえか。急にいなくなったと思ったら、なんのつもりだ？」

悪魔に対して、バーチェは怒鳴る。

「いなくなった？　邪魔だからって置いていったんだろ！」

「はっ！　まさかその報復がしたくて人間と手を組んだのか？　悪魔のくせに人間を頼ったのかよ！　あんな弱者に頼るなんざ、馬鹿だなお前は！　そんなだからお前は弱いんだよ」

「その弱い悪魔の発明品に邪魔されているやつが言えたことか？」

「――！　なんだてめえは？」

二人の間に割って入ると、悪魔が射殺すような視線でこちらを睨んでくる。

しかし、俺はそれを意にも介さず、バーチェに言う。

「バーチェ、お前の相手はワイバーンだ」

「わ、わかってるよ。今のオレじゃ勝てないことくらい……今は譲《ゆず》ってやる！　だから、ぶちのめしちゃえ！」

「そのつもりだよ。だからワイバーンくらい、さっさと片付けろよ」

「お、おう！　任されたぜ！」

バーチェはクゥに乗って、結界の周りを飛んでいるワイバーンの元へ向かう。

その横顔は嬉しそうで、少しほっこりした気分になる。

「おいてめえ、何者だ？　変な気配がしやがるなぁ」

「へぇ、わかるんだ」

俺は改めて悪魔と向かい合った。

バーチェと同じ角と尻尾、そして大きく禍々《まがまが》しい翼。

内に秘めた膨大な魔力が外にあふれ出ている。おそらく今のバーチェよりも魔力の総量は上だ。

「てめえがバーチェを拾ったのか？　物好きなやつだな。あんなお荷物拾って、どうするんだ？」

「一緒に暮らすんだよ。行き場のないやつを放っておけなくてね」

「くだらねぇ情か。そんなもんに左右されるから、てめえら人間は弱いんだよ。いくら数を揃えたところで、関係ねぇ！」

悪魔は翼を広げ、全身からどす黒い魔力を解放する。

「この俺がいる限り、てめえらに明日はねぇんだよ！」

「明日なら来るさ。いつも通りに、平和な明日が」

俺は剣を抜き、悪魔に正面から挑む。ニヤリと笑みを浮かべた悪魔は、放出した魔力を漆黒《しっこく》の影へと変換する。影はムチのように撓《しな》り、接近する俺を四方から襲う。

「これは──」

「こいつが俺の権能だ！　魔力を直接武器として操れる！　てめえは俺に近付くことすらできずに斬り刻まれるんだよ！」

影のムチは一本一本が鋭利な刃だ。それが十、二十……百を超える。

超高密度に圧出された魔力を無数に動かして制御するなんて、並の魔法使いでは絶対に不可能だ。

……これが、本来の悪魔の強さか。

「思っていたより普通だな」

俺がそう言うと、悪魔は素《す》っ頓狂《とんきょう》な声を上げる。

「は？」

四方から迫る影の刃を、俺は片手で払うように弾く。

周囲の気流を操ることで、全ての攻撃の軌道を逸らしたのだ。

「なっ……」

「曲芸としては見ごたえがあるけど、それじゃ俺には届かない」

「こいつ！」

悪魔は続けて影の数を増やして攻撃を続ける――が、全て届かない。

俺に届く前に弾かれ、軌道を逸らしたため、影同士が衝突して絡み合ってしまったのだ。

「無駄だよ。いくら数を増やしたって変わらない。お前が相手にしているのは、世界そのものだ」

「何を意味不明なことを……だったらこれでどうだ！」

悪魔は右手を空にかざす。直後に、超巨大な魔法陣が展開される。

サラエの街を覆うほどの大きさだ。魔法陣の大きさは、そのまま発動する魔法の規模を表し、発動者の魔力の膨大さを象徴する。

「見たか！　これが俺たち悪魔の力だ！　てめえら人間が少ない魔力で工夫したところで、無尽蔵《むじんぞう》な魔力を持ってる俺たちには、勝てねーんだよ！」

勝ち誇る悪魔に、俺はため息をこぼす。

「――まったく」

「消えてなくなれ！」

悪魔が叫ぶ。

その言葉通りに、消滅した。彼が展開した魔法陣が。

「……は？」

呆然とする悪魔に、俺は言う。

「人の話を聞かないやつだな」

「な、なんだ……」

「言っただろう？　お前が相手にしているのは世界そのものだ。どれだけ大きく魔法陣を描こうと、世界からすれば小さな点でしかない。点を消すことくらい簡単だ」

魔法陣を構成するのは魔力である。精霊は大自然からあふれた魔力により生まれた。

故に精霊王と契約した俺にとって、世界に存在する自然の魔力は手足も同然だ。

全ての光も、水も、大地も、大気も、それらや生物から漏れ出た魔力そのものすら――

「俺の支配下だ」

魔法陣は、異なる魔力をぶつけることで、発動前に相殺できる。魔法の基本だ。

俺はそれを、大きなスケールで実行したにすぎない。

「理解できないか？」

「――――！」

既に決着はついていた。

『近付くことすらできない』と言っていた悪魔の眼前に、俺は立っている。

「だからお前は弱いんだよ」

悪魔がバーチェに言い放った言葉を口にした。

そしてそれは、悪魔がこの世界で最後に聞く言葉になる。

俺は悪魔の身体に触れ、風と炎の魔力を練る。

「燃えろ」

「がっ……」

悪魔を、内部から破壊してやった。

治癒の暇なんて与えない。バーチェの元仲間だからって慈悲《じひ》はない。

「……はぁ、結局期待外れだったな」

こうして、初めての悪魔との戦いはあっさり幕を下ろした。

エピローグ　幸せ満タン

悪魔の襲撃を無事に乗り切った日の翌日。

俺はバーチェとともにアトムさんに呼び出され、冒険者ギルドを訪れていた。

応接室に入り、俺たちはソファーに腰をおろす。

「昨日はお疲れ様でした。見事、悪魔を撃退してくださったこと、まことに感謝いたします」

「そういう約束でしたからね」

「はい。やはりあなたは期待通りの方ですね」

アトムさんはそう言うと、ニコリと微笑む。

心からのものではなく作り笑顔なのはわかるが、相変わらず真意が読めない人だ。

そして彼は、緊張しているバーチェに視線を向ける。

「バーチェさん、あなたにも感謝いたします。あなたが用意してくれた結界魔導具のお陰で、街への被害をゼロに抑えることができました」

「お、おう！　それはよかったな！」

バーチェが用意した街を覆う結界魔導具は、なんと僅か一時間で作ったものだ。

それでワイバーンを退《しりぞ》けたというのだから、驚きである。

戦闘のほうは未熟だが、魔導具師として超一流であることを再認識させられた。

そしてその魔導具が守ったのは、このサラエの街だけではない。

アトムさんが説明する。

「先ほど周辺の街からも報告が入りました。やはり同時刻に悪魔の襲撃があったようです」

「被害は？」

「限りなく抑えられたとのことです。バーチェさんが作った魔導具のお陰で街への侵入を防ぐことができたと。非常に感謝しておりました」

「そ、そうか」

褒められて嬉しかったのだろう、バーチェは頬を赤らめた。

俺はその横顔を微笑ましく見つつ、アトムさんに尋ねる。

「悪魔は？」

「Sランク冒険者を筆頭にチームを組み、なんとか撃退したそうです」

「そうか」

もしもの時は俺が悪魔を倒しにいこうと思っていたけど、その必要はなかったようだ。

それにしても、ただの人間が悪魔を退けたのか。

俺があっさり倒したせいで、悪魔がかなり弱く見えたかもしれない。

だが実際、やつは街を一撃で破壊するだけの力を持っていた。

俺がこの場所にいなければ、今頃サラエの街は壊滅していただろう。

「Sランクか……」

どんなやつらだろう。一度会ってみたい。

そんなことを考えていると、アトムさんは言う。

「この一件、事前の情報提供と皆様の協力がなければ、この結果は得られなかったでしょう。というわけでバーチェさんのこの街での安全は、我々ギルドが保証いたします」

「オ、オレ、ここにいてもいいのか？」

戸惑うようにそう口にしたバーチェに、アトムさんは穏やかに微笑む。

「はい。歓迎いたします」

「悪魔なのに？」

「種族は関係ございません。ギルドに有益な結果を齎《もたら》していただけるなら、大切にすべきですので」

相変わらず合理的で、自分たちの利益のことを最優先にする考え方だ。

だからこそ、信用できるわけだが。

「ですが、我々はよくても街の人々はそうではありません。ご不便をおかけしますが、屋敷の外ではお姿を隠していただくことになります」

それには俺も賛成だ。

「そのほうがいいでしょう。こいつにも余計な火の粉が飛ばなくて済む」

「ちょっ、頭撫でんなよ！」

俺はわしゃわしゃとバーチェの頭を撫でた。

角は邪魔だが髪はサラサラで気持ちがいいし、何より片手にすっぽり収まる頭の大きさが気に入っている。

そんなふうに俺がバーチェを揶揄っていると、アトムさんが咳《せき》ばらいをする。

俺たちが居住まいを正すのを待って、アトムさんは口を開く。

「そしてエレン様、あなたの活躍に我々は感謝いたします」

「改まってなんです？」

「今回の功績を、我々ギルドは高く評価しています。あなたはこの街を最大の脅威から救った。いわば英雄です」

「大げさでしょ」

そこまで大したことはしていない。俺は首を横に振った。

が、アトムさんは続ける。

「いいえ、あなたは英雄と呼ばれるだけの実績と実力を持っています。よってあなたを、Sランクの冒険者に任命することを、正式に決定しました」

「――Sランク？」

「はい。ギルドに所属する冒険者ランクの最高峰《さいこうほう》。世界に二十人しかいないギルドの最高戦力。その一人に加わっていただきたいのです。Sランクになると、ギルドから様々な特典が用意されます」

アトムさんはそれから、特典について説明してくれた。

まず有事の際は必ずギルドに協力するという条件付きで、仮に一ヶ月間何も依頼を受けずとも、定期的にギルドから資金が提供される。

そして遠征の際にあらゆる支援を受けられる。他の街を訪れた際、そこでもギルドにお願いすれば、宿の確保から食事の用意まで面倒を見てくれるそうだ。

旅に必要な道具も、普通は実費で揃えるが、Sランクになればギルドが支払ってくれるんだとか。

「他にも、依頼を優先受注することも可能です」

「すごい待遇ですね」

「我々にとってSランクの冒険者は貴重な人材ですので。然るべき時に力を発揮していただけるよう、全力でサポートいたします」

裏を返せば、これだけ尽くしてるんだから、そっちもギルドに協力してくれよ……という意思表示でもある。並べられた好待遇は、Sランクの冒険者を縛る鎖、か。よくできている。

ともあれ――

「基本自由にやれるなら、断る理由はないですね」

「ありがとうございます。エレン様とは今後ともよき関係を築けそうですね」

アトムさんが握手を求めてきたので、それに応じる。

こうして俺は、晴れて二十一人目……この街で唯一のSランクの冒険者になった。

◇◇◇

ギルドから屋敷への帰り道。

バーチェが嬉しそうに口を開く。

「昇格できてよかったじゃん」

「お前もな。認めてもらえてよかったな」

「あったり前だろ？　オレが本気になればこんなもんだぜ！」

「調子いいな」

戦う前はビビッていたくせに。

こういう気持ちの変化も子供っぽくて憎めないんだけど。

そうほっこりした気持ちになっていると、バーチェは真剣な口調で言う。

「でも……正直驚いてる」

「ん？」

「オレが悪魔だって知った上で追い出さないなんて、あのおっさんは変なやつだな」

「アトムさんは基準がはっきりしてる人なんだよ。芯《しん》がある大人っていうほうが正しいかな？　変な人とか、失礼だから言うんじゃないぞ」

あの人は言われてもニッコリ笑って流すのだろうけど。

すると、バーチェは悪戯《いたずら》っぽく笑う。

「変なやつは、お前もだけどな。というか、お前のほうが変だ」

「なんでだよ」

「だってオレを殺さずに屋敷に入れるし、オレの話を疑わずに聞くし……そんでもって悪魔に勝てるくらい強いとか。そんな人間、初めてだ」

「アトムさんと同じだよ。俺は種族なんて気にしない。俺はただ、俺が思うままに選択して、やりたいようにやるだけだ」

常識や習慣に囚われず、ただ思いのままに生きる。

俺はマスターローグ家で育ったお陰で、認めてもらえない苦しさも、理不尽な社会の秩序《ちつじょ》も嫌というほど知っている。

俺ははみ出し者の一人だった。だからこそ、集団に馴染めず孤独と戦うやつらを放っておけない。

それだけだ。

「ホントに変なやつ。屋敷のやつらも変だけど、やっぱアスクが一番変人だな」

バーチェの言葉に、俺は苦笑を浮かべる。

「お前なぁ……」

「でも、だからオレはまだ生きていられる……来てくれたのがアスクでよかった！　ありがとな！」

「――バーチェ」

彼女の口から初めて聞く、感謝の言葉。そして子供らしく無邪気な笑顔に、俺の心はぐっと揺さぶられた。

なんだろうこの気持ち……まるで――

「懐かなかったペットがようやく懐いてくれた感覚って、こういうのを言うのか」

「だ、誰がペットだ！」

今回の一件は、俺とバーチェの心の距離を縮めるいい機会になった。

ようやく彼女は本当の意味で、俺たちの仲間になったのだ。

◇◇◇

屋敷に戻って三十分後。テーブルには豪華な食事が並んでいる。

そして、食卓に着いた全員がコップやグラスを持っている。

「お兄さんのSランク昇格を祝ってー、かんぱーい！」

一番声が大きくて聞き取りやすいリズの音頭《おんど》に続いて、みんなが声を上げる。

「「「かんぱーい！」」」

コップやグラスをぶつけ合う音が響く。

今夜は宴だ。

俺のSランク昇格を聞いたルリアたちが、昇格を祝うために準備してくれたのだ。

部屋も飾りつけられていて、なんだか楽しげだ。

Sランク昇格を祝うコメントが書かれた垂れ幕もある。

そこにはちっちゃい文字で、バーチェの冒険者入りを祝《しゅく》す言葉も添えられていた。

「バーチェもおめでとうっす！」

「認めてもらえてよかったですね」

そんなリズとラフランの言葉に、バーチェは胸を張る。

「オレの実力なら当然だぜ！」

「まぁボクたちよりランクは下っすけどね」

「ぐっ……」

上げて落とすなよ、リズ……。

そう、バーチェも正式に冒険者として登録したのだ。

ランクはいきなりのC。登録して最初からCランクになったのは、彼女が初めてだそうだ。

十分に快挙だが、ここのメンツではランクが一番低いのは確かである。

まだまだ発展途上だし、妥当だと俺は思っているけど、本人は全く納得していないご様子。

「見てろよ！　オレもすぐにSランクになってやるからな！」

「その意気っすよ！」

「頑張ってくださいね」

「末っ子みたいになったわね」

「そうだな」

バーチェと話しているリズとラフランを、少し離れたところから微笑ましく眺める俺とルリア。

ルリアが改めて俺に言う。

「昇格おめでとう」

「ありがとう」

カチンと、グラスを交わす。

「ルリアたちも、頑張ってくれたよな」

「私たちは普段通り戦っただけよ」

「いや、それもだけど、こういう宴を準備してくれたこともだ。誰かに祝ってもらえるのは、俺には特別だから。誕生日を祝われたことすらないからさ」

「アスク……」

賑やかな光景が目の前に広がっている。

俺のためにいろいろ用意してくれた場で、楽しく話しながら食事をする。

それはまだまだ、俺にとっては当たり前のことじゃない。

特別な時間を噛みしめるように、そっと目を閉じる。

すると、ルリアが俺の手を握った。

「これから何度でも祝ってあげるわよ」

「……ああ、ありがとう」

俺は手に入れたんだ。こんな当たり前の幸せを、穏やかな日常を。

あの日、屋敷を飛び出したお陰で……。

ふと、何気なく思う。

俺が屋敷を出てしばらく時間が経ったけど、今頃、お父様はどうしているだろうか。

まだ俺のことを探しているだろうか。それとももとっくに……。

カンカンカン。

屋敷の扉を叩く音が響いた。

俺はルリアに尋ねる。

「誰か呼んでたのか？」

「ううん、私じゃないわ」

夕食時に、しかもこの屋敷に来客？

そんなことは今まで一度もなかったから、必然的に身構えてしまう。

一番可能性が高いのはギルドの職員、とかか？

とはいえ、油断は禁物《きんもつ》だろう。

「俺が出るよ。みんなはこのまま部屋にいてくれ」

「わかったわ」

もし無関係な一般人だった場合、ルリアたちを見られると面倒だ。

彼女たちの存在を認めているのは、ギルドと一部の事情を知る冒険者だけだから。

グラスをテーブルに置き、俺は一人で玄関に向かう。

予感がした。この扉に触れた時に。

否、それより少し前に思い出したのも、何か虫の知らせだったのだろうか。

扉の前には一人の男が立っていた。

俺は、言葉を失う。

「――――！」

「久しぶりだな。アスク」

「……お父様」

これも運命なのだろうか。

俺が幸せを手にしたタイミングを見計らったかのように、お父様がここを訪れるだなんて。

「……」

「……」

互いにしばらく無言で視線をぶつけ合う。

お父様は無理やり中に入ろうとはしない。

俺も、扉を閉めて追い出そうとは、自然と思わなかった。

ただじっとお互いに見つめ合う。かけるべき言葉を探すように。

「アスク」

最初に沈黙《ちんもく》を破ったのは、お父様のほうだった。

「ここがお前の新しい屋敷か？」

「はい。そうです」

「そうか。立派な屋敷じゃないか」

「そうですね。マスタローグ家の屋敷に比べたら狭いですけど、気に入っています」

他愛ない雑談だ。だけど今までそんな会話、したこともなかった。

俺たちは、お互いの腹を探り合うように言葉を交わす。

「入らないのですか？」

「家主の許可なく踏み入るのは無粋だろう。お前がいいと言うなら入るが」

「……何をしに来たのか。それ次第です」

口ではそう言いながら、聞かずとも大体の予想はつく。わざわざマスタローグ家の領地から離れた場所まで捜しにきたんだ。さしずめその目的は……。

「アスク、お前を連れ戻すために来た」

それしかない。気付いていたことだけど、実際に聞くと呆れてしまう。

お父様は淡々と続ける。

「学園の籍《せき》はそのままにしてある。今戻ってくるなら、学園の首席として迎え入れるそうだ」

驚いた。まさかそこまで準備されているなんて。

学園は試験を受けたあと音信不通《おんしんふつう》になったわけだし、てっきり合格を取り消されたものだとばかり……。

お父様が手配したのか、学園側が惜しいと思ったのか。どちらにしても予想外だ。

お父様は、続けて尋ねる。

「どうだ？　戻ってくる気はないか？」

改めて問われ、俺は一呼吸置く。

どれだけしっかり準備されていようと、何を言われても、俺の答えは最初から決まっていた。

「お断りします。俺に戻る気なんてありません」

「……」

「お父様、俺……家族ができたんです。妻がいて、一緒に暮らす仲間がいて。働いてお金を稼いで、頑張った分だけ認められる。今、とても幸せなんですよ」

俺の幸せがここにある。俺が求めていたものがここに揃っている。

ならばどうしてそれを手放すなんて考えられるだろう。

「今の俺には、帰りを待ってくれる人たちがいる。帰りたいと思える場所がある。俺は家族を守るためにここにいるんです。だから戻りません」

「……」

「もしも力ずくで連れ戻すというなら、俺は——」

「ならば話は終わりだ。邪魔をしたな」

「え……？」

あまりにも呆気なく、お父様は背を向けた。

一瞬で全身の力が抜ける。

「いいんですか？」

「なんだ？　無理矢理連れ戻すと言ったら、従ったのか？」

「……いいえ」

「だろうな。でなければ家を飛び出し、こんな場所まで来なかっただろう」

そう言って、お父様は呆れたように笑う。

初めてかもしれない。お父様が俺の前で笑ったのは。

お父様は言う。

「アスク、私はずっと……お前が恐ろしかった」

「……恐ろしい？」

「お前と接していると、まるで人形と話しているような気分になった。不気味だった。お前の無機質な笑顔を見るたびに心が震えた。きっと母さんも、同じだったのだろう」

「……」

否定はできなかった。当時の俺には心が欠落していた。

どれだけ怒られ罵られても、俺は笑顔でいられた。

強がりじゃない。表情の使い方が、他人との接し方がわからなかった。

それを不気味に思うのは当然だろう。

「だからお前を遠ざけた。そんな私が、どうして今更お前を縛れるのか。自ら幸せを手にした子に……これ以上望むことなどない」

「お父様……」

初めて知るお父様の葛藤《かっとう》。お父様はただ俺のことを見下し、遠ざけていたわけじゃなかった。人として、親子として接しようとして、俺の無感情さに耐えられなくなったんだ。

お父様は、改めて言う。

「私にお前を縛る資格はない。今が幸せだというのなら尚更だ」

「……」

「しかしずいぶんと、大所帯なのだな」

「え？　ああ……」

振り返ると、ルリアたちが隠れて様子を窺っていた。

戻るのが遅いから、心配してくれたのだろう。

この距離からでも彼女たちの人間にはない特徴は見える。

格式ある貴族の者であれば普通、亜人種との交流を見過ごさないだろう。

だけど、お父様は何も言わなかった。

「私はもう行く。学園には入学の意思がないことを伝えよう。それから……いつかライツに会ってやってほしい。あの子の子供の頃のお前に対する態度は、私たちが原因だ。あの子自身に罪はない」

「……はい」

わかっているさ。兄さんは俺を馬鹿にしながらも、唯一身近で俺を人間だと言ってくれていたのだから。そんな兄さんの不器用な優しさを、感情を手に入れた今なら理解できる。そして……。

「アスク、結婚おめでとう。お前が幸せを感じていることを嬉しく思う」

お父様の中にも、優しさはあったんだ。

気付かなかった。感情が欠落した不完全な子供を見続けた親の気持ちなんて……わからなかった。

わかっていたら、変わっただろうか？

いや、それでも俺は……飛び出していただろう。

俺は決意を込めて言う。

「さようなら、お父様。話ができてよかったです」

「……ああ」

後悔はしていない。何一つ。

◇◇◇

「御父上とは話せましたか？」

「……やっぱり、居場所を教えたのはアトムさんだったんですね」

翌日、俺はギルドに顔を出した。

アトムさんに昨夜の話をすると、あっさり白状した。

俺の噂は、ギルド外にも広まっていたらしい。

学園の試験での情報も相まって、正体についてもアタリをつけられた上で。

お父様はそれを聞きつけ、ギルドで俺の居場所を尋ねたのだそう。

「もちろん私も、あの方に強引にあなたを連れ戻す意思があれば、居場所を教えなかったでしょう。ですが、あの方は言いました。あなたの意思を尊重すると。ならば問題ないと判断いたしました」

「……それで俺が戻ると言い出したら、どうするつもりでしたか？」

「当然、全力で引き留めますよ。あなたは我々ギルドにとっての宝です。たとえ貴族が相手であっても手放すつもりはありません」

「でしょうね」

アトムさんならどんな方法を使っても、俺を引き留めたに違いない。

そんな風に納得していると、アトムさんは言う。

「それに、あなたは残ると信じていましたので」

「……まぁ、ここは居心地がいいですから」

居場所をバラしたことを、これ以上責められまい。

なぜなら彼も、追及してこなかったからだ。

俺がマスタローグ家という貴族の一員であり、名を偽っていたことについて。

「今後は呼び名を改めるべきですか？」

アトムさんの言葉に、俺は苦笑しつつ答える。

「……そうですね。もう偽名を名乗る必要もなさそうなので」

「でしたら改めて」

アトムさんは右手を差し出した。

「アスク様、今後とも我がギルドでのご活躍を期待しております」

「こちらこそよろしくお願いします」

彼の手を握った。

俺はようやく本当の意味で、ギルドの一員になれたのかもしれないと、そう思った。

◇◇◇

ギルドを出た。

すると、そこには彼女がいた。

「ルリア」

「話は終わったみたいね」

「ああ、わざわざ迎えに来てくれたのか？」

「ええ」

そう言ってルリアは俺に近付き、心配そうな瞳で俺を見つめる。

「帰りましょうか」

「ああ」

そのまま二人で並んで屋敷へ戻る。

悪魔の襲撃を退けた今、街はいつも通りの風景に戻っている。

道中、アトムさんとの話について聞かれて、俺はあったことを手短に伝えた。

「アトムさんはなんて？」

「これからもよろしくってさ。あの人は変わらずだ」

「そう、よかったわね」

「いいのか悪いのか。けどこれで、長く続いていた問題が解決したよ」

マスタローグ家やお父様との確執は、家を飛び出してからも残っていた。

いつ見つかるかわからない。彼女たちに迷惑をかけてしまうかも。

そんな心配も、これでなくなった。

ルリアが俺に尋ねる。

「戻らないことにしたのね」

「当然だろ？　まさか俺が戻ると思ったのか？」

「思わないわ。でも少し……不安だった」

「ルリア？」

彼女は俺の指に自分の指を絡めつつ、腕にぐっと抱き着く。俺の身体を繋ぎ留めるように。

「時々思うの。これまでのこと……全部夢なんじゃないかって。あなたと出会えて、家族になって、幸せな時間も……幻だったらどうしようって」

「ルリア……」

これまで辛酸《しんさん》を嘗《な》め続けてきた故の、幸福を素直に信じられないという気持ち。報われなかったが故の葛藤がある。でも、それは……。

「俺も一緒だよ」

「え？」

「俺も……夢みたいだと思うんだ。何もなかった俺に繋がりができて、幸せだと感じられて。それがたまらなく嬉しいのに、不安になる。そんな時、ルリアの顔を見ると安心するんだ」

「私の？」

「ああ、君がここにいるんだってわかる。リズやラフランやバーチェの生意気な声もそうだ。夢なんかじゃないって、俺を繋ぎ留める」

俺はここにいる。幸せはちゃんと、目の前にあるのだと。

日々それを確かめながら、不安を吹き飛ばすのだ。

「不安はなくならないよ。俺たちは特にそうだ。だからこそ確かめ続ければいい。今ある幸せが本物だって思えるように。俺はこの手を離さない」

結婚とは契約だ。互いを繋げ、互いの人生を縛る契約。契約には対価がいる。

結婚の対価は、互いに幸せを与え続けること。

病める時も、苦しい時も、楽しい時も、その気持ちを共有し合うこと。

王様たちと契約して、俺は力を得た。欠落していた感情をもらった。そして王様たちは俺を通して世界を見ることができる。

俺と結婚したルリアは、俺を不安から救ってくれる。ならば、俺も彼女を不安から救い出そう。

「俺はここにいるぞ。今日も明日も、ずっと先も」

何度でも、この手を握って安心させよう。

空っぽだった俺に愛を教えてくれた人に、精一杯のお返しを。

「……うん。私も一緒にいる。離れてあげないから」

「それは……幸せだな」

ルリアがいる。家族が待つ家がある。これ以上の幸福はどこにもない。全部が詰まった楽しい日々を、俺はこれからも謳歌《おうか》していく。


誰にも邪魔はさせない。

月が導く異世界道中
Tsukiga Michibiku Isekai Dochu
あずみ圭
Azumi Kei
1~19
8.5
シリーズ累計360万部の超人気作!(電子含む)
TVアニメ第2期
2024年1月8日から 2クール 放送開始!
TOKYO MX・MBS・BS日テレほか
異世界へと召喚された平凡な高校生、深澄真。彼は女神に「顔が不細工」と罵られ、問答無用で最果ての荒野に飛ばされてしまう。人の温もりを求めて彷徨う真だが、仲間になった美女達は、元竜と元蜘蛛!? とことん不運、されどチートな真の異世界珍道中が始まった!
2期までに
原作シリーズもチェック!
●各定価:1320円(10%税込)
●illustration:マツモトミツアキ
1~19巻好評発売中!!
漫画:木野コトラ
●各定価:748円(10%税込)●B6判
コミックス1~13巻好評発売中!!

~子狼に
気に入られた男の
転移物語~
拾ったものは大切にしましょう
著 ぽん
PON
異世界で
狼と双子拾いました。
アルファポリス
人気ランキング
第1位
※期間:2020年3月~4月

~子狼に気に入られた男の転移物語~
拾ったものは大切にしましょう
著 ぽん
アルファポリス
人気ランキング
第1位
異世界で
狼と双子
拾いました。
アルファポリス
ぼっちの狼と孤児の双子と一緒に幸せな冒険者生活を送ります!

author
akechi
転生皇女は冷酷皇帝陛下に溺愛されるが夢は冒険者です!
最強娘父《おやこ》爆誕!!

akechi
転生皇女は冷酷皇帝陛下に溺愛されるが夢は冒険者です!
最強娘父《おやこ》爆誕!!
大賢者から転生したチート幼女が
過保護パパと帝国をお掃除します!

孤児として育ち、もちろん恋人もいない。家族の愛というものを知ることなく死んでしまった孤独な男が転生したのは、愛されまくりの貴族家次男だった!?　両親はメロメロ、姉と兄はいつもべったり、メイドだって常に付きっきり。そうした過剰な溺愛環境の中で、0歳転生者、アレスはすくすく育っていく。そんな、あまりに平和すぎるある日。この世界では誰も使えないはずの氷魔法を、アレスが使えることがバレてしまう。そうして、彼の運命は思わぬ方向に動きだし……!?

◉定価：1320円（10%税込）　◉ISBN 978-4-434-33111-4　◉illustration：たらんぽマン

この作品に対する皆様のご意見・ご感想をお待ちしております。

おハガキ・お手紙は以下の宛先にお送りください。

【宛先】

〒150-6008 東京都渋谷区恵比寿4-20-3 恵比寿ｶﾞｰﾃﾞﾝﾌﾟﾚｲｽﾀﾜｰ 8F
（株）アルファポリス　書籍感想係

メールフォームでのご意見・ご感想は右のＱＲコードから、
あるいは以下のワードで検索をかけてください。

アルファポリス　書籍の感想　検索

ご感想はこちらから

本書はWebサイト「アルファポリス」（https://www.alphapolis.co.jp/）に投稿されたものを、改題、改稿、加筆のうえ、書籍化したものです。

魔力《まりょく》ゼロの出来損《できそこ》ない貴族《きぞく》、四大精霊王《よんだいせいれいおう》に溺愛《できあい》される

日之影ソラ（ひのかげ そら）

2023年 12月31日初版発行

編集－若山大朗・今井太一・宮田可南子
編集長－太田鉄平
発行者－梶本雄介
発行所－株式会社アルファポリス
〒150-6008 東京都渋谷区恵比寿4-20-3 恵比寿ｶﾞｰﾃﾞﾝﾌﾟﾚｲｽﾀﾜｰ8F
TEL 03-6277-1601（営業） 03-6277-1602（編集）
URL https://www.alphapolis.co.jp/
発売元－株式会社星雲社（共同出版社・流通責任出版社）
〒112-0005 東京都文京区水道1-3-30
TEL 03-3868-3275
装丁・本文イラスト－紺藤ココン
装丁デザイン－AFTERGLOW
印刷－図書印刷株式会社

価格はカバーに表示されてあります。

落丁乱丁の場合はアルファポリスまでご連絡ください。

送料は小社負担でお取り替えします。


ISBN978-4-434-33105-3 C0093